СИНИЕ ЛИСТЬЯ
蓝色的树叶

［苏］瓦伦蒂娜·奥谢耶娃　著　王钢　崔璐　译

北方联合出版传媒（集团）股份有限公司
万卷出版有限责任公司

© 瓦伦蒂娜·奥谢耶娃 2024

图书在版编目（CIP）数据

蓝色的树叶 /（苏）瓦伦蒂娜·奥谢耶娃著；王钢，崔璐译. --沈阳：万卷出版有限责任公司，2024.3
ISBN 978-7-5470-6419-1

Ⅰ.①蓝… Ⅱ.①瓦… ②王… ③崔… Ⅲ.①短篇小说—小说集—苏联 Ⅳ.①I512.45

中国国家版本馆CIP数据核字（2023）第236102号

出 品 人：王维良
出版发行：北方联合出版传媒（集团）股份有限公司
　　　　　万卷出版有限责任公司
　　　　　（地址：沈阳市和平区十一纬路29号　邮编：110003）
印 刷 者：辽宁新华印务有限公司
经 销 者：全国新华书店
幅面尺寸：145mm×210mm
字　　数：180千字
印　　张：7.5
出版时间：2024年3月第1版
印刷时间：2024年3月第1次印刷
责任编辑：王　越
责任校对：张　莹
封面插图：Rauen劳恩
封面设计：仙　境
版式设计：李英辉
ISBN 978-7-5470-6419-1
定　　价：38.00元
联系电话：024-23284090
传　　真：024-23284448

目 录
Contents

蓝色的树叶

卡佳有两支绿色的铅笔，可列娜一支也没有。于是，她向卡佳请求道："借我一支绿铅笔，好吗？"卡佳说："我得问问我妈妈。"

第二天，两个女孩儿来到学校，列娜问："你妈妈同意了吗？"

卡佳叹了口气：

"妈妈倒是同意了，可我还没问我哥哥呢。"

"好吧，那再问问你哥哥。"列娜说。第三天，卡佳又来到学校。

"怎么样，你哥哥同意了吗？"列娜问。

"我哥哥倒是同意了，可我怕你把笔给弄坏了。"

"那我小心着点儿。"列娜说。

"当心啊，别削笔尖，别用力压，别放嘴里。还有，别用太多。"卡佳补充道。

"我就用它画树叶，还有青草。"列娜说。

"这也太多了。"卡佳皱着眉，一脸不高兴地说。列娜看了她一眼，没拿她的绿铅笔便走开了。卡佳很纳闷，追上她问道："哎，你怎么了？拿着呀！"

“不用了。”列娜说。

课堂上，老师不解地问：“列娜，为什么你画的树叶是蓝色的？”

“我没有绿色的铅笔。”

“那你怎么没向同桌借呢？”列娜没有说话。

卡佳的脸唰地红了，“我给她了，她不要。”

老师看着她们俩说：“要用别人能接受的方式给别人呀。”

拒绝他人并不是一件可怕的事，被他人拒绝也不是一件可怕的事，只要心怀真诚与善意就好。

"亲密的"小主人

从前，有一个小姑娘，养了只小公鸡。这只小公鸡每天早晨起来都要高声歌唱：

"喔喔喔！早上好呀，小主人！"

小公鸡跑到小姑娘身旁，啄她手里的面包屑，陪她一起坐在土台儿上。小公鸡的羽毛五光十色，像是用油彩画出来的一样，鸡冠在阳光的照耀下泛着金光。这是一只多么好的小公鸡啊！

有一天，小姑娘在邻居家看到了一只小母鸡。她很喜欢那只小母鸡，就对邻居请求道：

"把小母鸡给我吧，我拿我的小公鸡和你换！"

小公鸡听到后，伤心地垂下鸡冠，可有什么办法呢，是小主人主动把它换走的啊。

邻居欣然同意，用小母鸡换走小公鸡。小姑娘和小母鸡相处得不错。它毛茸茸的，抱在怀里很暖和，每天还会下蛋。

"咯咯哒，我的小主人呀！快来吃蛋吧！"

小姑娘吃了鸡蛋，就抱起小母鸡，摸了摸它的羽毛，给它喝水，喂它小米。直到有一天，邻居带了只小鸭子来做客。小姑娘很喜欢那只小鸭子，就对邻居央求道：

"把小鸭子给我吧，我拿我的小母鸡和你换！"

小母鸡听到后，伤心地收起羽毛，可有什么办法呢，是小主人主动把它送走的啊。

小姑娘和小鸭子相处得不错，常常一起去河边戏水。小姑娘游泳的时候，小鸭子也在旁边跟着游。

"嘎嘎嘎，我的小主人呀！别游太远啦，河水深着呢！"于是，小鸭子跟着小主人游回了岸边。

有一天，邻居又牵来了一只小狗。小姑娘看到后说：

"哇，这只小狗太可爱了！把小狗给我吧，我拿我的小鸭子和你换！"

小鸭子听到后，伤心地拍打翅膀，可有什么办法呢。邻居用胳膊夹起小鸭子，就把它带走了。

小姑娘一边抚摸小狗，一边说道：

"以前，我养过一只小公鸡，后来我拿它换了只小母鸡，再后来我又拿小母鸡换了只小鸭子，现在我又拿小鸭子换了只小狗。"

小狗听到后，夹起尾巴，躲到了长凳下。到了晚上，它用爪子扒开门逃走了。

"我才不想和这样的小主人相处呢，她都不知道珍惜自己的朋友！"小狗心里说。

第二天，小姑娘醒来后发现，身边什么朋友都没有啦！

随意出卖友谊的朋友，根本不值得我们去留恋。

魔法针

很久以前，有一个名叫玛莎的纺织姑娘，她有一根魔法针。玛莎用这根针缝制完裙子，这裙子就能自己清洗，自己熨烫。玛莎用魔法针把糖果图案绣在桌布上，桌布一铺到桌子上，桌上就会立刻摆出美味的点心来。玛莎对这根针爱不释手，可还是把它弄丢了——那是有一天她去森林摘果子的时候，一不小心弄丢的。她找啊找，把整个草地都搜了个遍，可还是没找到。于是，她便坐在树下号啕大哭。

小刺猬听到哭声后，很可怜她，便从洞里爬出来，拔了一根自己的针递给她说：

"拿着吧！玛莎，说不定你会用到它！"

玛莎向小刺猬道了谢，便接过它的针，心想："我的针可不是这样的。"

于是，她又哭了起来。

一棵高大的古松看玛莎哭得伤心，便拔了一根自己的松针递给她说：

"拿着吧！玛莎，说不定你会用到它！"

玛莎接过松针，向松树深深鞠了一躬，继续向前走。她边走边擦着泪，心想："我的针可不是这样的，我的针比这好。"

走着走着，她遇到了一只蚕，那只蚕正在吐丝结茧。

"收下我的蚕丝吧！玛莎，说不定你会用到它！"

玛莎向它道了谢，并问道：

"蚕呀！蚕呀！你在森林里住了这么久，一直在吐丝纺织，你吐的丝可以做成那么精美的纺线，那你知道我的魔法针在哪儿吗？"

蚕想了一会儿，摇了摇头，犹豫再三地说："玛莎，你的针在雅加婆婆那儿！就在她那鸡脚小屋里。可是没有去那儿的路呀，你很难拿到它。"

玛莎恳请蚕仔细讲一讲，雅加婆婆的鸡脚小屋在哪里。

蚕便向她细细道来：

要躲着太阳跟着乌云走，
穿过一片片荆棘和荨麻，
越过一块块沼泽与沟壑，
一直走到破败的古井旁。
鸟儿都不会在那儿筑巢，
能活着的只有蛇和蟾蜍，
你会看到一座鸡脚小屋，
坐窗边的就是雅加婆婆。
她不停地织着一件飞毯，
去那儿的都变成倒霉蛋！
玛莎啊，忘掉你的针吧！
拿上我的蚕丝赶紧走吧！

玛莎向蚕深深鞠了一躬，拿上蚕丝便走了。蚕又跟在她身后喊道：

> 别去！玛莎，千万别去！
> 雅加婆婆有座鸡脚小屋。
> 那鸡脚小屋有一扇窗户。
> 一只猫头鹰在那儿看守，
> 它探出脑袋东瞄又西瞅，
> 雅加婆婆晚上用你的针，
> 织啊织，织起她的飞毯。
> 去那儿的都变成倒霉蛋！

玛莎听完后，吓得不敢去找雅加婆婆了，可又舍不得她那根魔法针。

最终，她还是决定跟着空中的一片乌云，乌云带着她——

> 穿过了那一片片荆棘丛，
> 越过了那一道道泥泞沟，
> 一直来到了那口古井旁，
> 那里果然只有蛇和蟾蜍，
> 鸟儿都不会驻足的地方。
> 玛莎看到一座鸡脚小屋，
> 坐窗边的正是雅加婆婆，
> 房顶上猫头鹰东瞄西瞅……

那只可怕的猫头鹰一看到玛莎便咕咕大叫，声音响彻整个森林：

"喂！喂！你是谁呀？你是谁？"

猫头鹰的眼珠滴溜溜乱转，一只是黄色的，一只是绿色的，像烛灯一样炯炯发亮，把周围照得阴森恐怖！玛莎见状，吓得腿脚发软。

眼见自己已经无路可逃，玛莎便向猫头鹰苦苦哀求：

"亲爱的猫头鹰，求求你让我见见雅加婆婆吧！我可有事找她呀！"

猫头鹰大笑起来，咕咕叫了两声，雅加婆婆便打开窗户冲它喊道：

"猫头鹰啊，小猫头鹰，肥肉竟自己往锅里钻！"

随后，她故作温柔地对女孩儿说：

进来吧，小玛莎，快进来！
所有的门我都亲自为你打开，
然后再亲自一一将它们关上！

玛莎走近小屋，看到第一扇门插着门闩，第二扇门挂着大锁，第三扇门缠着铁链。

猫头鹰扔给她三根羽毛，说道：

"拿着它们打开门，快进来！"

玛莎拿起一根羽毛，将它贴在门闩上，于是第一扇门打开了；她又将第二根羽毛贴在门锁上，不出所料，第二扇门也打开了；最后，她将第三根羽毛贴在铁链上，铁链随之掉落在地，于是第三扇门也向她敞开了！玛莎走进小屋，看到雅加婆婆正坐在窗边，手里拿着纺锤绕线，地上铺着一张毯子，上面织着翅膀的图案。而玛莎的针正插在一只尚未织完的翅膀上。

玛莎跑向她的针，雅加婆婆立刻将扫帚扔在地上，大吼道：

"别碰我的飞毯！赶紧打扫屋子，砍点木柴，生好炉子，等我把飞毯织好，我就把你煮了吃了！"

雅加婆婆拿起针，边织边嘀咕道：

> 小姑娘呀小姑娘，明天晚上，
> 我将织好飞毯，再畅饮一番，
> 你呀你，快将屋子好好打扫，
> 然后嘛，给我乖乖钻进大锅！

玛莎吓得沉默不语，一声不敢吭。

此时，漆黑的夜正悄悄来临……

黎明时分，雅加婆婆飞了出去，玛莎立刻坐下来织飞毯。她头也不抬地织啊织，眼看翅膀只剩三条线就要完成了，整个森林突然传来巨响，小屋东倒西晃，天空乌云密布——是雅加婆婆回来了，她问道：

> 亲爱的猫头鹰呀，
> 你吃好喝好了吗？
> 那女孩儿美味吗？

猫头鹰咕咕回应道：

> 我既没吃来又没喝，
> 而她还活蹦乱跳着！
> 没生炉子没煮自己，
> 我可什么都没吃上！

雅加婆婆立刻冲进屋子，这时，魔法针低声对玛莎说道：

> 快把松针拿出来，
> 把它放在飞毯上，
> 赶紧把我藏起来！

雅加婆婆看到针还在原处之后，就又飞了出去，玛莎迅速拿起针，头也不抬地织起来，猫头鹰冲她喊道：

"小姑娘啊，小姑娘，为什么烟囱不冒烟？"

玛莎回答道：

"猫头鹰啊猫头鹰，炉子烧得还不旺。"

于是，她放了点柴进去，生起火来。

猫头鹰又问道：

"小姑娘啊，小姑娘，锅里的水烧开了吗？"

玛莎回答道：

"锅里的水还没开呢！烧水的锅还在桌了上。"

说完，玛莎将锅放在火炉上，坐下来继续织。她织啊织，魔法针在地毯上翩翩起舞，猫头鹰又大叫起来：

"快烧炉子！我饿了！"

玛莎又添了几根柴进去，烟飘到了猫头鹰那儿。

猫头鹰大喊道："小姑娘，把锅放到炉子上！你快钻到锅里，盖上锅盖！"

玛莎说道：

"我也想呀！亲爱的猫头鹰，可是锅里没有水呀！"

她努力地织啊织，只剩最后一条线了。

猫头鹰拿出一根羽毛，把它顺着窗户扔进屋子里：

"快，把门打开！取点水来，我看着你，要是敢逃跑，我立刻就把雅加婆婆叫回来，一下子就会追上你！"

玛莎打开门，说道：

"亲爱的猫头鹰，你到屋里来吧，快教教我怎么钻进锅里，怎么才能在里面盖上锅盖呀。"

猫头鹰怒气冲冲地从烟囱上飞下来，跳进了大锅里！玛莎立刻盖上锅盖，继续织毯子。大地突然颤抖不已，周围响起一片沙沙声，魔法针从玛莎的手里掉落下来，它向玛莎喊道：

玛莎赶快跑！

打开三扇门，

拿上飞毯呀，

我们闯祸了！

玛莎立刻抓起飞毯，用猫头鹰的羽毛打开门，跑了出去。她跑进森林，坐在松树下继续织飞毯。灵巧敏捷的魔法针与丝绸线团在她的手里闪闪发光，马上就要织完了！

雅加婆婆跳进小屋，用鼻子嗅了嗅，喊道：

猫头鹰啊猫头鹰，

你跑到哪儿去了？

怎么没看见你呀？

她把锅从炉子上端下来，拿起大勺子，边喝边称赞道：

多么美味的女孩儿！

多么浓郁的汤水啊！

雅加婆婆把汤喝了个精光，喝到锅底时才发现，里面竟
是猫头鹰的羽毛！她看了眼墙那边，发现飞毯也不见了！她
这才明白到底是怎么回事，气得直哆嗦，一边跺脚，一边抓
着头发骂道：

我不会放过你！

替我的猫头鹰，

把你碎尸万段！

她骑上扫帚，腾空而起，抽打着扫帚飞奔出去。

而玛莎此刻正坐在松树下，争分夺秒地织着飞毯，只剩
下最后一针了。她向高大的松树问道：

"松树呀，松树，雅加婆婆离这儿多远了？"

松树回答道：

"雅加婆婆已经飞过了绿草地，她挥舞着扫帚朝森林飞来了……"

玛莎加快手中的动作，眼看就要织完了，可是丝线却不够了。玛莎急哭了。突然，不知道从哪儿传来了一阵声音：

"别哭了亲爱的玛莎，别忘了我给你的蚕丝，快把它穿进针里吧！"

玛莎立马拿起蚕丝继续织。

就在这时，树木剧烈摇晃，小草都吓得竖了起来，雅加婆婆像旋风一样俯冲而下！可她还没有落地，松树就伸出枝条将她缠住，把她狠狠摔在了玛莎身后。

玛莎这时已经织完了最后一针，她将飞毯铺开，就差坐在上面了。

雅加婆婆刚想从地上爬起来，玛莎急忙将刺猬的针扔向她。刺猬也跑过来，冲到雅加婆婆脚下，用身上的刺扎她的脚，不让她站起来。玛莎趁机跳上飞毯，飞上云端，赶回了家。

雅加婆婆被刺猬推进沼泽，永远地消失了。从此，过上了幸福生活的玛莎，对魔法针更是爱护有加。她帮助别人缝衣补裤，自己也获得快乐无数。

有了勇气，就有了战胜一切的力量；
只顾伤心，并不能为自己解决烦恼。

饼 干

妈妈把饼干倒在盘子里，紧接着外婆高兴地拿出茶杯。一家人刚在餐桌前坐好，沃瓦却把盘子拽到自己跟前。

"一人一半。"米沙认真地说。

两个男孩儿把所有饼干都倒在桌子上，把它们分成两堆。

"一样多吗？"沃瓦问。

米沙看了眼两边的饼干，说道："一样多……外婆，快给我们倒茶喝吧！"

外婆给两个孩子倒了茶。餐桌上很安静，饼干很快就被吃得不剩几块了。

"真脆！真甜！"米沙说。

"嗯哼！"沃瓦附和道，嘴里塞得满满的。

妈妈和外婆一直没有说话。等吃完所有饼干，沃瓦长舒一口气，拍了拍自己圆鼓鼓的肚子，心满意足地离席而去。米沙吃完最后一块儿饼干，抬头却看见妈妈正用勺子搅拌着没喝完的茶，外婆正在嚼着干巴巴的黑面包皮……

做人要常怀感恩之心，不要因为关系亲密而失去了应有的尊重与礼貌。

第一场风雨

　　塔妮娅和玛莎是一对好朋友，她们总是结伴去幼儿园。有时是玛莎去找塔妮娅，有时是塔妮娅去找玛莎。一天，两个女孩儿走在大街上，突然下起了大雨。玛莎穿了一件雨衣，而塔妮娅只穿了一条连衣裙。她们在大雨中飞快地奔跑起来。

　　"把你的雨衣脱下来吧，咱们两个一起披在头上！"塔妮娅一边跑，一边喊道。

　　"不要，不要，我会被淋湿的！"玛莎戴着帽子，低着头答道。

　　到了幼儿园后，老师看着她们两人问道：

　　"真奇怪，玛莎的衣服是干的，而你，塔妮娅，全身都湿透了，怎么会这样呢？你们不是一起来的吗？"

　　塔妮娅说："玛莎身上穿着雨衣，而我只穿了一条裙子。"

　　"那你们可以一起躲在雨衣下面呀！"老师说完看了眼玛莎，摇了摇头。

　　"看吧，你们的友谊遇到了第一场风雨！"

两个女孩儿顿时羞红了脸：玛莎是为自己而羞愧，而塔妮娅是为自己有这样的朋友而羞愧。

　　真正的友谊，须经得起风雨的考验。

哪个选择更容易

三个男孩儿一起去森林里玩。森林里有蘑菇、野果和小鸟，他们玩着玩着，便忘记了时间，在回家的路上不免担忧起来。

"我们到家会挨骂的！"

三个男孩儿想罢便停了下来，琢磨着撒谎和说实话哪个更好。

第一个小男孩儿说："我就说，我在森林里被一只狼袭击了，父亲听了会很害怕，就不会再责骂我了。"

第二个小男孩儿说："我就说，我在森林里遇到了爷爷，母亲听了会很高兴，就不会再责骂我了。"

"我就说实话，"第三个男孩儿说，"说实话往往是最容易的，因为它就是事实，不需要再编造什么故事。"

于是，他们就各自回家了。第一个男孩儿刚把遇见狼的事告诉父亲，护林员就走了过来。

护林员说："不可能，这地方根本没有狼。"

男孩儿的父亲非常生气。他既为男孩儿晚回家生气，也为他说谎而加倍生气。

第二个男孩儿把遇见爷爷的事告诉了母亲，可此时爷爷

恰巧来家里做客。

母亲知道了真相，她既为男孩儿晚回家生气，也为他说谎而加倍生气。

第三个男孩儿一回到家，就站在门口为自己的晚归道歉。只听他妈妈唠叨了几句，就原谅了他。

谎言总有被戳破的时候，有时候甚至连一天都用不到。

三个儿子

一天，有两位妈妈正在井边打水。第三位妈妈也走了过来。旁边恰巧有个老爷爷坐在石头上休息。

这时，其中一位妈妈说："我儿子机灵又强壮，没人敢招惹他。"

另一位妈妈说："我儿子唱歌像夜莺，那嗓音没人比得了。"

第三位妈妈沉默着，什么也没说。

那两位妈妈问她："你怎么不说说你儿子呀？"

"有什么好说的呀，"这位妈妈说，"他没什么特别的地方。"

说着话，三位妈妈打满了水，吃力地提着水桶离开了，老爷爷也跟在后面慢慢地走着。三位妈妈走一会儿，停一会儿，累得手臂酸疼，腰都直不起来了，水也都洒了出来。

这时，有三个男孩儿迎面跑了过来。

一个男孩儿随即做了个前滚翻，又侧手翻了个筋斗，妈妈们看了都赞不绝口。

另一个男孩儿唱起了歌，歌声如同夜莺般动听，妈妈们听得着了迷。

只有第三个男孩儿跑到妈妈身边，接过沉甸甸的水桶，拎走了。

　　妈妈们问老爷爷："这三个儿子怎么样啊？"

　　"哪儿有三个儿子啊？"老爷爷回答说，"我只看到了一个儿子！"

　　孝在于心，更在于行，我们要用自己的实际行动关心、照顾自己的父母。

同一个屋檐下

从前，在同一个屋檐下住着小男孩儿瓦尼亚、小女孩儿塔妮娅，还有一只小狗、一只小鸭子和一只小鸡。

一天，小男孩儿瓦尼亚、小女孩儿塔妮娅来到院子里，坐在一张长椅上。小狗、小鸭和小鸡围在他们脚下。

瓦尼亚左看看右看看，又抬了抬头。真无聊啊！于是，他使劲儿拽了一下塔妮娅的小辫子。

塔妮娅很生气，刚想以牙还牙，可发现这个男孩儿又高又壮。

于是，她踢了小狗一脚，小狗疼得汪汪叫起来。它气得直龇牙，想咬塔妮娅一口，可又想到，塔妮娅是自己的主人，碰不得啊。

于是，小狗便咬了一下小鸭子的尾巴。小鸭子吓得浑身的毛都竖了起来。它想啄小鸡一下，可还是放弃了这个念头。

于是，小狗问它："小鸭子，你怎么不啄小鸡啊？它比你还弱小呢。"

鸭子对小狗说："我不像你那么蠢。"

"还有比我更蠢的呢。"小狗说着，指了指塔妮娅。

塔尼娅听到后说："也有比我还蠢的。"说完,便看向瓦尼亚。瓦尼亚向四周看了看,可他身后没有别人了。

我们千万不要无缘无故地把怒气转移到他人身上,尤其在团队、集体中。这是很愚蠢的行为。

做好事

一天早上，尤拉起了床，望向窗外，外面阳光明媚，天气不错。

这么好的天气，他总觉得应该做点儿什么好事，便坐在那儿想入非非："要是我妹妹溺水了，我一定会把她救上来！"

这时，他的妹妹恰好走过来说："跟我出去玩儿吧，尤拉！"

"走开，别打扰我思考！"尤拉大吼道。妹妹很生气，便转身离开了。

尤拉又想："要是有狼攻击我家保姆，我会把它们都打死！"

这时，保姆恰好来到尤拉身边，说道："小尤拉，把餐具收拾起来吧。"

"你自己收拾吧，我才没空呢！"

保姆听罢，只能无奈地摇了摇头。

尤拉又在想："要是我家小狗掉进井里，我一定会把它拽上来！"

这时，小狗恰巧摇着尾巴走了过来，好像在对尤拉说：

"给我点儿水喝吧，尤拉！"

"走开！别打扰我思考！"于是，小狗忙闭上嘴巴，钻进了灌木丛里。

过了一会儿，尤拉跑去问他的妈妈："我能做些什么好事呢？"妈妈摸了摸尤拉的头，说道："陪你妹妹出去玩儿，帮保姆收拾餐具，给小狗喂点水喝。"

光有一颗好心还不够，最重要的是行动。

三个朋友

维克多把带的早饭弄丢了。到了吃早饭的时间，所有人都开始吃饭了，只有维克多孤零零地站在一边。

"你怎么不吃啊？"柯利亚问他。

"我的早饭丢了……"

"这可太糟糕了，"柯利亚咬了一大口白面包说，"离吃午饭的时间还早着呢！"

"那你是在哪儿丢的呀？"米沙问。

"不知道啊……"维克多转过头小声说。

"你是不是把它放在衣服兜里了？应该放在书包里的。"米沙说。

而沃洛佳什么也没问，他走到维克多跟前，把一块黄油面包掰成两半，递给他说："来，拿去吃吧！"

真正的朋友会在你遇到困难时伸手解难，而不是袖手旁观。

为什么

此时，餐厅里只剩下我和布姆。我坐在椅子上抖着腿，布姆则轻轻舔着我的脚跟，痒得我咯咯直笑。桌子上摆着一张爸爸的大照片——前不久，我和妈妈把它给放大了。照片里，爸爸和蔼可亲地微笑着。我和布姆玩得越来越开心，我开始放肆地把着桌边，前后晃悠椅子，照片里的爸爸似乎也在无奈地摇头……

"看，布姆！"我小声说着，抓起桌布一角，一不小心，身子和椅子都剧烈地颤了一下。

紧接着，桌子也随着我的手猛然倾斜。只听哐当一声……

我的心仿佛停止了跳动。我轻轻起身离开椅子，低头看了看。只见碎片散落了一地，茶杯的金边在阳光下闪闪发亮。布姆从桌子底下钻出来，小心翼翼地嗅了嗅碎片，然后坐下来，歪着头抬起一只耳朵。

过了几秒钟，厨房里传来急促的脚步声。

"怎么回事？谁干的？"妈妈蹲下身，用手捂住了脸，"这可是你爸爸的茶杯，你爸爸的茶杯啊……"她伤心地一遍遍重复着，随后抬起头责问，"是你干的？"

茶杯淡粉色的碎片在妈妈的手上闪闪发光。我的腿不禁颤抖，舌头也跟着打起卷来：

"是……是……是布姆干的！"

"布姆？"妈妈站起身，又问了一遍，"是布姆干的？"

我点点头。布姆听到叫它的名字，竖起耳朵摇了摇尾巴。妈妈看了看我，又看了看布姆。

"它怎么打碎的茶杯？"

我的耳朵在发烫，摊了摊手说："它跳了一下，然后用爪子……"

妈妈的脸色变得很难看。她一把抓起布姆的项圈，走向门口。我害怕地望着妈妈的背影。布姆汪汪大叫，一下子跳到了门外。

"它以后就在门廊睡。"妈妈说着，在桌旁坐下，陷入了沉思。她慢慢地将桌上的面包屑拢在一起，把它们搓成团，眼睛盯着桌子发呆。

我站在那儿，不敢靠近。布姆则在门外挠着门。

"别让它进来！"妈妈厉声说道，然后把我拉到她面前。她的嘴唇贴着我的额头，心里一直思索着什么。随后，她轻声问道："你害怕吗？"

当然了，我很害怕。自从爸爸去世以来，我和妈妈一直小心保存着他的每一件物品。这个茶杯是爸爸一直用来喝茶的……

"你害怕吗？"妈妈又重复了一遍。

我点了点头，紧紧搂住她的脖子。

"要是你不是故意的话……"她慢慢地说。

我立即打断她，结结巴巴地说：

"不是我……是布姆……它跳了一下，它就稍微跳了一下……原谅它吧！"

妈妈气得脸一直红到脖子和耳根。她站起来说：

"布姆不能再回屋了，就让它在门廊睡吧。"

我什么都没说。桌子上照片里的爸爸仿佛还在看着我……

★ ★ ★

布姆趴在门廊的地上，盯着紧闭的房门，支起耳朵专心听着。屋里一有动静，它就摇起尾巴拍打房门……然后再把头埋回爪子里，低声哀号。

此刻，每一分每一秒对我来说都十分煎熬。我担心天很快就黑了，灯也熄了，所有的门都关上了，而布姆又怕又冷，彻夜孤独在外……一想到这儿，我的汗毛都竖起来了。要是茶杯不是爸爸的，要是爸爸还活着，就什么事都没有了……妈妈从来没有因为非故意弄坏东西而惩罚过我……但现在我怕的不是惩罚——我会很乐意接受最坏的惩罚。可妈妈多么珍惜爸爸的东西啊！我却没有马上承认，我欺骗了她，每过一分钟，我的罪恶感都在递增……

我走到门廊，坐在布姆的旁边，把头靠在它柔软的毛上。不经意间，我抬起头，看到妈妈正站在窗边望着我们。我担心她会看出我的心思，便假装用手指着布姆，大声训斥道：

"你就不应该打碎杯子。"

晚餐过后，天色暗了下来，一片乌云飘过，停驻在我们的房顶上。

妈妈说："要下雨了。"

我向她求情说："让布姆进来吧……"

"不行！"

"哪怕是让它到厨房待着呢，妈妈！"

她摇了摇头。我没有说话，只是摆弄着桌布，努力克制住自己的眼泪。

"去睡觉吧。"妈妈叹了口气说。

我脱了衣服躺到床上，把头埋进枕头里。妈妈也回了屋，她的房门半敞着，一束黄色的光从门缝里射了进来。窗外漆黑一片，风吹摇着大树。今晚的窗外对我来说异常可怕和恐怖。我甚至能在大风的呼啸中听到布姆的号叫。有那么一回，它还跑到我的窗下，我支起胳膊趴在床上，听它汪汪叫着。布姆，布姆，它也是爸爸的布姆啊！最后一次，我们和它一起送爸爸上船时，布姆什么都不想吃。妈妈含泪劝它，答应它爸爸一定会回来的，可那次以后爸爸再也没有回来……

布姆的哀号声时远时近。它在门口和窗下跑来跑去，一边可怜地叫着，一边乞求地用爪子挠门。妈妈房间的门缝依然透着光亮。我咬着指甲，把脸埋在枕头里，不知如何是好。突然间狂风大作，急促的雨点敲打着玻璃。我穿着睡衣赶紧跳下床，光着脚跑到妈妈的房门口，推开门说：

"妈妈！"

她趴在桌子上睡着了。我用双手捧起她的脸，她的脸下有一块皱巴巴的湿手帕。

　　"妈妈！"

　　她睁开眼睛，用温暖的手臂抱住我。布姆的哀号透过淅淅沥沥的雨声传了过来。

　　"妈妈！妈妈！是我打碎了杯子，是我！让布姆进来吧……"

　　妈妈的脸抽搐了一下。她一把抓起我的手，带我跑到门口。夜太黑看不清路，我一下撞到椅子上，失声痛哭起来。布姆用冰冷粗糙的舌头舔干了我的眼泪，它湿漉漉的毛满是雨水的气味。我和妈妈用毛巾擦干它的身子，布姆抬起四只爪子，兴奋地在地上打滚儿。随后，它安静下来，趴到窝里，直勾勾地看着我们。它在想："为什么把我赶到了外面，为什么又让我进来，现在还爱抚着我？"

　　妈妈一直没睡。她也在想："为什么儿子没有马上告诉我真相，夜里又把我叫醒？"

　　而我也躺在床上想："为什么妈妈没有批评我，为什么当她知道是我打碎了茶杯，而不是布姆，甚至还感到很欣慰呢？"

　　那个夜晚，我们三个都心里揣着"为什么"，久久无法入睡。

　　不是所有的"为什么"都需要有答案，尤其是在亲人之间。

情　况

一天，妈妈送给柯利亚一盒彩笔。

后来，小伙伴维佳来找柯利亚，说："我们一起画画吧！"

于是，柯利亚把笔盒放到桌上。可盒子里只有红色、绿色和蓝色这三种颜色的彩笔了。

"其他颜色的那些笔呢？"维佳问。

柯利亚耸了耸肩，"我都送人啦。妹妹的朋友拿走了褐色的，因为她想给她家房顶涂个颜色；粉色的和天蓝色的，送给了我们同院的一个小姑娘，因为她把自己的彩笔给弄丢了……然后别佳又拿走了黑色的和黄色的，因为他刚好没有这两种颜色。"

"那你自己就没彩笔了呀！"维佳感到很不解，"难道你就不用吗？"

"不，我用呀，可遇到这些情况，我没法不给啊！"

这时候，维佳拿起笔盒里的彩笔，在手里玩弄起来，然后开口道："反正你也会给别人，不如把这些都给我吧！我可是一根彩笔都没有呢！"

柯利亚看着空空的笔盒，嘟囔着说，"既然是这种情况……那，你拿走吧……"

虽然温柔善良是美好的品质，但我们也要学会勇敢地保护属于自己的东西。

抱着洋娃娃的小姑娘

一天，尤拉上了一辆公交车，坐到了儿童专座上。过了一会儿，一位军人也上了车。尤拉赶紧站起来，礼貌地对他说：

"请您坐这儿吧！"

"你坐，你坐！我坐这儿吧。"

说着，军人便坐到了尤拉的后面。随后，又有一位老奶奶也上了车。

尤拉刚想给她让座，却被另一个男孩儿给抢先了。

"这可太不好了。"尤拉暗想，便开始紧盯着公交车门。

这时，从广场那面走过来一个小姑娘，上了车。她抱着个裹得很紧的襁褓，四周还露出了花边帽。

尤拉见状赶紧站起来说道："请您坐这儿吧！"

小姑娘点了点头，坐了下来。只见她摊开襁褓，抱出来一个大大的洋娃娃。

车上的乘客们都笑了，尤拉的脸唰地一下红了。"我还以为，她抱的是婴儿呢！"他小声嘀咕道。

那位军人听到后，拍了拍尤拉的肩膀，宽慰道："没事

儿的！就算是个小姑娘，也要给她让座的呀！更何况还是抱着洋娃娃的小姑娘呢！"

善意或许会被人嘲笑，或许微不足道，也能够温暖他人。

神奇的咒语

从前，有个白胡子老爷爷，他正坐在街心公园的长椅上，用手里的伞在沙地上画着什么。

"你挪一下！"小帕维尔说着，就一屁股坐到长椅的一边。

老爷爷往旁边挪了挪，看到男孩儿气得满脸通红，就问道：

"你怎么了？"

"没怎么，关你什么事？"小帕维尔白了他一眼。

"不关我的事。我是看你在这儿又哭又叫，是和谁吵架了吧……"

"那还用说吗！"男孩儿生气地嘟哝了一句，"我马上就要离家出走了！"

"离家出走？"

"对，我就要离家出走！都是因为那个列娜！"小帕维尔攥紧了拳头，"我真想好好教训她一顿！一点儿颜料都不给我！她有那么多呢！"

"就因为她不给你？这样离家出走可不值得呀。"

"不单是这个。因为一根胡萝卜，奶奶就用抹布把我从厨房撵了出来……直接用上了抹布啊！"

小帕维尔一想到这些就气得直哆嗦。

"这有什么的！"老爷爷说道，"有人骂你，也有人疼你啊。"

"根本就没人疼我！"小帕维尔喊道，"哥哥要去划船，却不想带我。我和他说，'反正我会一直缠着你，你最好带上我。不然我就拿着桨，自己上船！'"

说完，小帕维尔一拳捶到长椅上，然后就不说话了。

"那你哥哥为什么不带你呢？"

"你干吗老问我？"

老爷爷将了将长胡子说：

"我想帮你呀。有这么个咒语……"小帕维尔听完张大了嘴巴。

"我把它告诉你，但你要记住：轻柔地说出来，看着对方的眼睛。记住了，是轻柔地说，要看着对方的眼睛哦……"

"到底是什么咒语呀？"

老爷爷俯身贴近小帕维尔的耳朵。老爷爷的胡子软软的，就像一阵奇妙的风拂过他的脸颊。老爷爷低声对小帕维尔嘀咕了一句话，然后又大声补充道：

"就是这个咒语，但你千万别忘了，重要的是如何说出它。"

"我试试吧，"小帕维尔咧嘴一笑，"现在就去试试。"他从长椅上跳下来，跑回了家。

列娜正坐在桌前画画，面前摆着各种颜料，有绿色的、蓝色的，还有红色的。一看到小帕维尔过来，列娜立马用手

捂住了颜料。

"那老头儿骗人的吧！"小帕维尔生气地想，"列娜这种人能听懂咒语？"

他小心地走到姐姐身旁，拽了拽她的袖子。姐姐回过头来，小帕维尔便看着她的眼睛轻声说：

"列娜，请……给我点儿颜料吧……"

列娜睁大了眼睛，松开了手，有点儿不好意思地低声说：

"你要哪个颜色的？"

"我想要蓝色的那个。"小帕维尔腼腆地说。他接过颜料，放在手里，拿着它在房间里逛了一会儿，就还给了列娜。此时此刻，他已经不想要颜料了，心里一直想着那个咒语。

"我要去找奶奶。她正做饭呢，看她还会不会把我撵出来？"小帕维尔心里想着，推开了厨房的门。奶奶正把刚烤好的馅儿饼从烤盘上拿下来。小帕维尔跑过去，双手捧着奶奶布满皱纹的脸，真诚地看着她的眼睛，小声说道：

"请给我一张馅儿饼吧。"

奶奶直起身来。那个咒语仿佛闪烁在她的皱纹、眼神和笑容里。

"有点儿烫呀……你就想要烫的嘛，我的小宝贝！"奶奶一边说着，一边给他挑了一张烤得最好、外皮最酥脆的馅儿饼。

小帕维尔高兴得跳了起来，在奶奶的脸颊上连亲了好儿下。"神了！神了！"他想起老人的话，自言自语道。

吃午饭的时候，小帕维尔一直安静地坐在那儿，认真地听哥哥说的每句话。当哥哥提到去划船的时候，小帕维尔把手放到哥哥的肩上，轻声问道：

"请带上我吧。"此时所有人都沉默了。哥哥抬起头，笑了笑。

"带上他吧。"列娜突然说道，"你应该带上他的！"

"是啊，怎么能不带呢？"奶奶笑着说，"当然要带上呀！"

"求你了！"小帕维尔央求道。

哥哥哈哈大笑，拍了拍小帕维尔的肩膀，揉了揉他的头发，说道："你个小旅行家！行，走吧！"

"管用了！又管用了！"小帕维尔从椅子上跳下来，跑到街上。可老爷爷已经不在街心公园了。长椅上空无一人，地上只留下了用雨伞画出的奇怪符号。

温柔的话语是打开人心的钥匙；用温柔的语气沟通，你将发现生活中更多的美好。

债

一天，万尼亚把自己收藏的一套邮票带到了班级。

"这套可真好看！"别佳喜欢极了，就对他说，"你知道吗，你有很多邮票都是一样的，把这些给我吧。我向我爸要钱，买别的邮票还给你。"

"没问题，你拿走吧！"万尼亚立马同意了。

但别佳的父亲并没有给他钱，而是买了一套新邮票给他，别佳便有点儿舍不得把自己的这套给别人了。

于是，他对万尼亚说："我之后再还给你。"

"哎呀，不用了！我也不需要那些邮票了！咱们还是玩掷飞镖游戏吧！"

说完，两个人便玩儿了起来。可别佳不是很走运，一连输掉了十支镖，便愁眉苦脸起来。

"我现在欠了你这么多债！"

"这算什么债啊，"万尼亚说，"我跟你闹着玩呢。"

别佳皱着眉头，打量着自己的这个小伙伴。他发现万尼亚的鼻子大大的，眼睛圆圆的，满脸都是小雀斑……

"我为什么要和他交朋友呢？"别佳暗想，"和他在一起就不停地欠债。"于是，他开始对万尼亚有一股怨气，处处躲着他，去和其他小男孩儿玩了。

晚上，别佳一躺到床上就开始想："我再攒点邮票，然后把整套都送给他，再还给他十五支镖……"

可万尼亚完全没有想别佳欠东西的事，他只是感到不解，自己的这个朋友是怎么了。

于是，万尼亚来到他跟前问道："别佳，你为什么不和我玩儿了？"

别佳再也忍不住了，他的脸唰地一下红了，还放起了狠话：

"你是不是觉得就你一个人诚实，别人都不诚实？你以为我想要你的邮票吗？还是我没见过飞镖？"

万尼亚听后，不由自主地向后退了几步。他感到很难受，想要说些什么，又说不出来。

后来，别佳向妈妈要钱买了飞镖，又带着自己的整套邮票去找万尼亚。

"这是我欠你的所有债，你收下吧！"别佳神采奕奕地说，"这回我可什么都不欠你了！"

"不，欠着呢！"万尼亚说道，"而且你欠的债永远都还不回来了！"

友谊无价，当你开始用金钱、物质衡量它的时候，也就离失去友谊不远了。

时　间

看呀，两个男孩儿正悠闲地站在街头的挂钟下聊天。

"有道题，我没做出来，因为那道题有括号，我不会打开。"尤拉找借口说。

奥列格也不会做，他说："我是因为那道题的数太大了。"

"我们可以一起做啊。看！我们还有很多时间呢！"

挂钟上显示的时间是一点半。

"我们还有整整半个小时呢，"尤拉说，"有这时间，坐飞机都能到另一个城市了。"

"我舅舅是个船长，轮船遇险的时候他二十分钟就能把所有乘客都送上救生船。"

"什么？二十分钟？"

尤拉一本正经地说："有时候五到十分钟就能做很多事情呢！只是得需要珍惜每一分钟。"

"哎，有这么一件事！在一场比赛的时候……"

就这样，两个小男孩儿回忆起了更多有意思的事情。

"我还知道……"奥列格突然停顿一下，看了看挂钟喊道，"现在已经两点了！"

尤拉倒吸了一口凉气。

"快跑！"尤拉大喊，"我们上课迟到了！"

奥列格也着急了，惊慌失措地问："那这道题怎么办？"

尤拉没有回答，只是一边跑，一边摆了摆手。

时间一点一滴流逝，每一分钟都可以做很多事情。

就这样

科斯佳做了一个鸟窝，把沃瓦叫了过来：

"看！这是我做的鸟窝！"

沃瓦俯身蹲到鸟窝旁，说道：

"哇！太厉害啦！跟真的一模一样！还有小台阶呢！"他有点儿不好意思地说，"科斯佳，你也给我做一个呗！作为交换，我给你做个飞机模型。"

"好呀！"科斯佳同意了，"不过，咱们别什么交换不交换的了。就是你给我做飞机模型，我给你做鸟窝，就这样！"

真正的友谊建立在互相帮助的基础上，从来不是利益交换。

羽毛笔尖

米沙有支新的羽毛笔尖，费佳的那支则很破旧。一天，趁米沙到黑板前回答问题的工夫，费佳把自己的笔尖和米沙的偷换了一下，然后用新笔尖写起字来。米沙发觉后，一下课就去质问费佳：

"你为什么拿我的羽毛笔尖？"

"你以为是什么稀罕玩意儿呀？一支羽毛笔尖而已！"费佳喊道，"至于这么大惊小怪吗？明天我给你带二十支这样的笔尖。"

"我不需要！你凭什么拿我的东西！"米沙生气地说。

同学们都跑了过来，围住米沙和费佳。

"舍不得你的笔尖呀！给自己的同学还舍不得？"费佳嚷道，"你看看你！"

米沙的脸气得通红，想解释事情的经过："我没有给你……是你自己拿的……你偷换的……"

可费佳没让他说下去，而是对着全班同学挥了挥手说："你看看你！就是一个小气鬼！这样没有人会跟你玩的。"

"你把笔尖给他不就完了吗？"同学中一个男孩儿说道。

"是啊！给他吧，既然他那么想要……"其他人都表示支持。

　　"给我，真烦人！因为一支笔尖大吵大闹。"

　　米沙气急了，泪水夺眶而出。

　　费佳赶忙拿起自己的笔，把米沙的羽毛笔尖拽了下来，扔到他的课桌上。

　　"给你，给你！就因为一支笔尖还哭上了！"

　　同学们都散开了，费佳也走了。只剩下米沙一人，坐在那里哭泣。

　　时刻坚定自己的选择与态度，不要因为他人的无理取闹而丧失自尊，产生自我怀疑。

亲手创造

　　一天，老师在课堂上向孩子们讲述着共产主义时代会有怎样美好的生活，到时候将会建造飞行的卫星城，人们能够随心所欲地改变气候，南方的树木也能生长在北方……

　　老师讲了很多有趣的事情，孩子们聚精会神地听着。

　　"但是，"老师补充道，"要想实现所有这些愿望，还要付出许多努力并辛勤工作！"

　　当孩子们走出教室时，一个男孩儿说：

　　"我希望醒来的时候就已经是共产主义社会了！"

　　"那样多没意思呀！"另一个男孩儿打断他的话，"我想亲眼看到共产主义是如何建设的！"

　　"而我，"第三个男孩儿说，"想亲手创造它！"

　　世上的成功与伟大有千万种形式，亲手创造一件物品、完成一件事情最是精彩。

探 望

瓦利娅今天没来上课。朋友们便派穆夏去看望她。

"去看看瓦利娅怎么样了。她可能病了，说不定需要帮忙呢。"

穆夏来到瓦利娅家，见她躺在床上，脸上缠着绷带。

"瓦利娅！"穆夏找个椅子坐下，说道，"你是不是牙龈脓肿了啊？没事，我夏天的时候也肿过！全肿了！那时候我奶奶恰好刚走，我妈妈还在上班……"

"我妈妈也在上班，"瓦利娅抚着脸说，"要是有漱口药水就好了……"

"哎呀，瓦利娅！当时医生也给我开了漱口药水！一漱完我就感觉好多了！真的，漱一会儿，就好多了！对了，那种很热的热水袋对我来说也挺好用的……"

瓦利娅起了个身，点了点头。

"对啊……热水袋……穆夏，我家厨房里有个水壶……"

"等会儿！是水壶的声音吗？不对，这声音，是雨吧！"穆夏站起身，跑到窗边，"看，我就说吧，是雨！幸好我穿靴子来的，不然就要感冒了！"

她跑到门口，鼓捣了半天才穿好靴子，把头伸进屋里喊道："瓦利娅，早日康复啊！下次我再来看你！一定会来！别担心啊！"

　　瓦利娅叹了口气，摸了摸冰冷的热水袋，只好躺在那儿等妈妈下班。

　　第二天，朋友们纷纷跑来问穆夏："瓦利娅说什么了？要帮忙吗？"

　　"她牙龈脓肿了，和我之前一样！"穆夏笑着说，"不过，她什么也没说！只需要热水袋和漱口水就行了！"

　　帮忙从不是表面的敷衍和形式，而是发自内心的关怀和善意。

可 恶

一只狗前腿伏在地面，凶狠地狂吠。它面前的小猫吓得毛都竖了起来。小猫紧贴着栅栏，张开嘴可怜地喵喵叫着。不远处站着两个小男孩儿，他们满眼期待着这只狗和这只猫之间会发生什么。一位小姑娘从窗户向外看了一眼，便赶紧跑到门口。她先是把狗赶走，然后生气地对两个男孩儿说道：

"你们不觉得羞愧吗？"

"为什么羞愧？我们什么都没做啊！"男孩儿们感到很奇怪。

"就因为你们什么都没做，所以才很可恶！"小姑娘愤怒地答道。

有时候，袖手旁观也是一种恶。

雷克斯和凯克斯

斯拉瓦和维佳是同桌。

两人非常要好，彼此都竭尽全力帮助对方。维佳帮斯拉瓦解答学习上的疑问，斯拉瓦则督促维佳在笔记本上写得字迹工整，不乱涂乱画。有一天，他们却大吵了一架。

"咱们校长有一条大狗，名叫雷克斯。"维佳说。

"不叫雷克斯，叫凯克斯！"斯拉瓦纠正他。

"不，是雷克斯！"

"不，是凯克斯！"

两个男孩儿就这样大吵起来，维佳便申请调换了座位，去和别人做同桌了。可第二天，斯拉瓦没有做出老师布置的家庭作业，而维佳虽然交了作业，但写得非常潦草。几天后，他俩的学习成绩都没有变好，反而更差了，甚至开始不及格。后来他们发现，校长的狗既不叫雷克斯，也不叫凯克斯，而是叫拉尔夫。

"也就是说，我们没什么可吵的啊！"斯拉瓦高兴地说。

"确实，没什么可吵的。"维佳也觉得是这样。

于是，两个男孩儿又开开心心地坐回了同桌。

"叫雷克斯也好，叫凯克斯也罢，又有什么关系呢？那只狗可真讨厌，就因为它，我们的成绩都不及格了！不过，仔细想想，大家到底是为了什么吵架呢？"

为毫无意义的人和事吵架是不值得的。伤人伤己，得不偿失。

被撕掉的纸

季马的笔记本不知道被谁撕掉了一页纸。

"这是谁干的？"季马问。

孩子们都没有吱声。

"我觉得它是自己掉页了吧。"科斯佳说，"也有可能，你当时买的时候就是这样的……要不然就是你妹妹撕的。什么事儿都有可能发生，大伙儿说，对吧？"

孩子们耸了耸肩，还是没人说话。

"说不定，你自己刮到哪儿了呢……刺啦一声！就掉了！……大伙儿说是吧？"科斯佳急忙一会儿跟这个人解释，一会儿跟那个人解释。

"也有可能是猫撕的……没错！特别是小猫咪……"

科斯佳的耳朵涨得通红，可他还是说呀说，一直说个没完。

孩子们依旧没人吱声，季马皱了皱眉头。随后，他拍了下科斯佳的肩膀，说道："行了，别说了！"

科斯佳的态度立刻软了下来，他低下头小声地说："我还你一个笔记本……我有一整本都没掉页的！"

撒谎总会露出马脚，千方百计掩饰也只是自欺欺人、掩耳盗铃罢了。你看，认错没有我们想象的那么难。

橘 猫

　　窗外传来一声急促的口哨响。谢廖沙纵身跃过三个台阶，跳进幽暗的花园。

　　"列夫卡，是你吗？"

　　那边，有个人影在丁香花丛中窜动。

　　"过来！快！"一个声音喊道。

　　谢廖沙跑到小伙伴面前。

　　"怎么啦？"他小声问。

　　只见列夫卡用大衣裹着一个挺大的东西，双手小心翼翼地把它放到地上。

　　"它可真机灵！我怎么都抓不到它！"

　　大衣下面一条毛茸茸的橘黄色尾巴露了出来。

　　"啊！你把它给抓住了？"谢廖沙惊叹了一声。

　　"直接抓住了它的尾巴！它那个叫唤啊！我以为它会溜掉呢。"

　　"头，快把它的头包好！"

　　两个男孩儿忙蹲下身。

　　"咱们把它放哪儿呢？"谢廖沙担心地问。

　　"什么？放哪儿？把它送人得了！它多漂亮啊，肯定有人要它的。"

小猫可怜地喵了一声。

"快走吧！别让人看到了……"

列夫卡俯身抱起小猫，往院子的小门跑去，谢廖沙紧随其后。

他们跑到灯火通明的大街上，停了下来。

"随便找个地方，把它绑在哪儿得了。"谢廖沙说。

"不行，这儿离得太近了，她很快就会找到它的。等一下！"

列夫卡解开大衣，让那个长着黄胡子的小脑袋露了出来。小猫晃了晃头，轻轻地吸了下鼻子。

"阿姨！抱走这只小猫吧！它会抓老鼠呢……"

一个女人提着篮子，瞥了一眼男孩儿说："把它放哪儿？自己的猫都把我烦死了！"

"那行吧！"列夫卡不客气地说，"那边有个老奶奶，咱们去找她吧！"

"老奶奶，老奶奶！"谢廖沙喊道，"等一下！"

那位老奶奶停了下来。

"把我们的小猫抱走吧！它很可爱，橘黄色的！还能抓老鼠呢！"

"它在哪儿呢？是这只吗？"

"是的！我们没地方放它，爸爸妈妈不想养……把它带走吧，奶奶！"

"我把它带哪儿去呀，小可爱们！怕是它和我一起住不惯吧……小猫还是习惯在自己家。"

"没事儿，一定会习惯的。"两个男孩儿信誓旦旦地说，"猫咪就喜欢老人。"

"嗬，还喜欢老人……"

老奶奶摸了摸小猫身上柔软的毛。只见它微微弓起后背，哆哆嗦嗦地蜷成一团，小爪子紧紧勾住大衣。

"哦，天哪，看它多难受啊！来吧，试试吧，说不定它在我那儿能待习惯。"

老奶奶抖开披肩，说道：

"过来吧，亲爱的，别害怕……"

小猫猛地向后退了一下。

"也不知道，它能不能跟我回家。"

"肯定能！"两个男孩儿欢快地喊道，"再见，奶奶！"

★ ★ ★

两个男孩儿蹲在院子的台阶上，小心翼翼地听着四周的动静。黄色的灯光从一楼的窗子透过来，照进丁香花丛中，也照到铺满砂石的小路上。

"她一直在找呢，把家里翻了个遍。"列夫卡推了推他的小伙伴。

门吱呀一声打开了。

"咪咪，咪咪！"从走廊那边传来了一阵呼唤。

谢廖沙猛地吸了一口气，赶紧用手捂住了嘴，列夫卡立刻把头埋到他背后。

"咪咪！咪咪！"

只见楼下的那位女邻居戴着头巾，跛着脚，一瘸一拐地走了过来。

"咪咪！你个淘气鬼！咪咪！"

她用手拨开灌木丛，环顾着花园。

"咪咪，咪咪！"

大门砰的一声打开，传来沙沙的脚步声。

"晚上好，玛丽亚·巴甫洛夫娜，在找您的宠物吗？"

"你爸爸来了。"列夫卡小声说了一嘴，便迅速钻到了灌木丛里。

"爸爸！"谢廖沙本想叫爸爸一声，可玛丽亚·巴甫洛夫娜焦急的声音打断了他：

"这儿也没有，那儿也没有，就像掉进了河里一样！它一直很准时回家，到时间了就会用爪子挠窗户，等我给它开门。难道它钻进仓库里了？那儿倒是有一个洞……"

"我们去那儿看看吧，肯定会把您的那个小逃犯找到。"谢廖沙的父亲建议道。

谢廖沙耸了耸肩。

"我爸爸真是个怪人，非要大晚上找别人家的猫吗？"

没过一会儿，手电筒的光圈开始在院子的仓库附近晃来晃去。

"咪咪，回家了！咪咪！"

"简直就是竹篮子打水！"躲在灌木丛里的列夫卡嘿嘿笑了起来，"太有意思啦！还让你爸爸帮着找猫！"

"那就让他找呗！"谢廖沙生气地说，"我回家睡觉了。"

"我也回家了。"列夫卡说。

★ ★ ★

谢廖沙和列夫卡还在上幼儿园的时候，楼下搬来了新的住户，他们是一对母子。这户人家的窗边挂了一张吊床。每天早上，那位身材矮小、跛着脚的老妇人会拿出枕头和毯子，把吊床铺好。随后，她的儿子就会弓着背，从屋里慢慢走出来。他看起来还很年轻，但面色苍白，两只细长干瘪的胳膊从宽大的袖子里耷拉下来。他的肩膀上总趴着一只橘猫，橘猫的额头上有三道纹，显得既可爱又忧虑。它一玩耍起来，右耳就向外翻，生病的儿子一看到便会笑出声来。小猫喜欢爬到吊床的枕头上，缩成一团睡大觉，而它的小主人也会渐渐合上细长的双眼。母亲在一旁轻声走动，给儿子准备要服用的药物。

邻居们纷纷议论："多可惜啊！还这么年轻！"

到了秋天，吊床上已空无一物。枯黄的树叶飘落下来，粘在吊床的网兜里，又掉落在小路上，窸窣作响。玛丽亚·巴甫洛夫娜弯着腰，拖着一条腿，走在儿子的棺材后面。那只橘猫在空荡荡的房间里孤零零地喵喵叫着。

★ ★ ★

之后，谢廖沙和列夫卡就慢慢长大了。列夫卡常常把书包往家里一扔，就跑到老妇人家的院子那边玩儿。他先躲在丁香花丛里，然后吹个口哨，叫谢廖沙出来。两个孩子就像小熊崽儿一样在花园的草地上翻滚打闹。老妇人总是从窗子里默默地看着他们，下雨前还会默默帮他们把扔在地上的玩具收拾起来。

有一年夏天，列夫卡靠在栅栏上，向谢廖沙招手说：

"看！我有一个弹弓。我自己做的！它打得很准！"

他们玩起弹弓来，小石子乒乒乓乓地弹到屋顶上，打到房檐上，落到灌木丛里。橘猫吓得毛都竖了起来，它从树上跳下来，蹦到窗台上喵喵叫着。两个男孩儿哈哈大笑，玛丽亚·巴甫洛夫娜朝窗外看了一眼说：

"这可不是什么好游戏，你们会弹到我的猫的！"

"那就因为您的猫，我们就不能在这玩儿了呗？"列夫卡挑衅地问。

玛丽亚·巴甫洛夫娜瞪了他一眼，把小猫抱到怀里，摇摇头关上了窗。

"嘀，这么小性子，就得怼她！"列夫卡说。

"她可能是生气了吧。"谢廖沙回应道。

"随她便吧，我才不管呢！看，我想弹那个排水管。"

列夫卡眯起眼睛，小石子便消失在灌丛中。

"没打中！喏，你试试。"他对谢廖沙说，"得眯起一只眼睛。"

谢廖沙选了一块较大的石头，拉起橡皮筋，玛丽亚·巴甫洛夫娜家的玻璃哐啷一下被砸碎了。两个男孩儿一下子愣住了，谢廖沙害怕地向四周看了看。

"快跑！不然该赖我们了！"列夫卡小声说。

第二天早上，来了一位装修师傅，给窗户换上了新玻璃。没过几天，玛丽亚·巴甫洛夫娜就走到两个男孩儿跟前问：

"是谁砸碎的玻璃？"

谢廖沙脸红了。

"没谁！"列夫卡往前迈了一步，"它自己碎的！"

"不对！是谢廖沙打碎了它！但他没和他爸爸说，我还等着你们道歉呢。"

"当我们傻啊！"列夫卡哼了一声。

"我为什么告发我自己？"谢廖沙嘟囔道。

"你必须要说实话，"玛丽亚·巴甫洛夫娜严肃地说，"你是胆小鬼吗？"

"我不是胆小鬼！"谢廖沙愤怒地说，"你凭什么这么说我！"

"那你为什么不说实话呢？"玛丽亚·巴甫洛夫娜盯着谢廖沙问道。

"为什么，干什么，凭什么……"列夫卡不耐烦地答道，"就是不想和你说话行吗！我们走，谢廖沙！"

玛丽亚·巴甫洛夫娜望着他们身后，无奈地摇摇头说："一个是胆小鬼，一个是小浑蛋。"

"胡说八道！"两个男孩儿冲她喊道。

★ ★ ★

丢猫事件愈演愈烈，不幸的日子还是到来了。

"那个老太太肯定会向别人告状的！"列夫卡说。

两个男孩儿时不时透过栅栏上的小圆洞互相打探消息：

"怎么样？你挨批了吗？"

"还没呢……你呢？"

"也没有！"

"真讨厌！她就故意折磨我们，好让我们害怕，要是告诉别人她骂过我们的话……她会惹麻烦的！"列夫卡小声说。

"你说，她为什么对一块玻璃这么在意？"谢廖沙生气地说。

"等着瞧吧……看我怎么收拾她！到时候她就知道了！"

列夫卡指着在窗边睡着的小猫，悄声和同伴说了句什么。

"嗯，好主意。"谢廖沙说。

可这只猫很认生，从来不跟别人走。后来当谢廖沙知道，列夫卡真的抓到它时，不禁对这个小伙伴佩服有加。

"真够可以的！"他暗自想道。

★ ★ ★

晚上，谢廖沙用被子蒙住头，露出一只耳朵偷听父母的谈话。妈妈还没上床，她打开窗户，听见玛丽亚·巴甫洛夫娜的哭诉声从楼下传来，便摊手问谢廖沙的爸爸：

"你觉得呢，米佳，那只小猫能跑哪儿去呢？"

"我怎么知道！？"爸爸苦笑着说，"它溜出去了呗，还能怎么样？要不然就是有人把它偷走了，这种浑蛋也不是没有……"

谢廖沙突然浑身打了个冷战，心里想：难道邻居们看到他和列夫卡了？

"不可能，"妈妈坚定地说，"整条街上的人都认识玛丽亚·巴甫洛夫娜。谁能伤害这样一个年老多病的女人……"

"这样吧,"爸爸打着哈欠说,"如果明天早上还找不到那只猫,就带谢廖沙去附近的院子好好找找吧。小孩子们总能找得更快。"

"想都别想……"谢廖沙心里嘀咕道。

★ ★ ★

第二天吃早饭的时候,谢廖沙听到厨房里住户们正在讨论丢猫的事。邻居埃斯菲里·雅科夫列夫娜从厨房跑过来,对她的丈夫喊道:

"米沙,你为什么对别人的不幸漠不关心?我在问,哪儿可以找到那只猫?"

老教授背着手,在厨房急切地来回踱步。

"太可恶了,对这种事绝对不能置若罔闻……"

谢廖沙嘬了一口放冷的茶,便推开杯子,心想:"每个人都在喊,喊什么喊,完全都不知道怎么回事。猫现在都这么重要啦?要是只警犬丢了的话……"

谢廖沙的妈妈从隔壁房间走出来,说道:"埃斯菲里·雅科夫列夫娜!别担心,我让谢廖沙去找找。"

"哦,我求你了,这只小猫就是她的命啊!"

谢廖沙一把抓起帽子,悄悄从人人们身边溜走。

"闹大了!早知道这样,就不该掺和进来。"他生气地想,"那个老太太也真行!对着整院子人哭哭啼啼!"

他把手揣在口袋里,假装漫不经心地在化园里晃悠,想看看玛丽亚·巴甫洛夫娜家的动静。这时,他看到列夫卡把脑袋探过栅栏，便走近些说：

"下来吧，"他悻悻地说，"搞了这么大的动静，整个院子的人都知道了。"

"怎么了？还在找吗？"列夫卡问。

"找着呢，那个老太太哭了一晚上了。"

"你撒谎！"列夫卡质疑地说，随后又立刻补充道，"不会是真的吧？她倒是很爱那只猫啊……"

"我说把它爪子绑起来就行了，你却把它送人了，你个傻瓜！"

"哎！你害怕了，"列夫卡眯起眼睛，"我可一点儿都不怕！"

"嘘！她来了。"谢廖沙小声说。

只见玛丽亚·巴甫洛夫娜一瘸一拐地走了过来，束起的灰白头发凌乱不堪，还有一缕散在皱巴巴的领口上。她走到两个男孩儿跟前问："我的咪咪丢了，孩子们，你们见过它吗？"她的声音很平静，眼睛却空洞无神。

"没有。"谢廖沙看着别处说。

"我们没见过它。"列夫卡急忙补充道。

玛丽亚·巴甫洛夫娜叹了口气，用手揉了揉额头，慢慢走回了屋里。列夫卡朝她背后做了个鬼脸说：

"这会儿又来巴结……反正她就是个坏人。"他摇了摇头，"之前还用'浑蛋'这样的词来骂我们，没有比这更难听的了！现在又巴结着问：'孩子们，你们看到我的小猫了吗？'"列夫卡模仿着拖长音说。

谢廖沙听完跟着哈哈大笑起来。

"对，是她有错在先，以为我们是小孩儿，就好欺负！"

"啾！"列夫卡吹了声口哨，"她可真爱哭！就是一只猫不见了而已！"

"他们说，她儿子还活着的时候就养了它，所以她把它当成对儿子的纪念。"

"纪念？"列夫卡拍了一下膝盖，大笑起来，惊讶地问，"你是说用一只猫来纪念？"

这时，老教授正好路过。他走到玛丽亚·巴甫洛夫娜打开的窗前，用手轻轻敲了敲玻璃，胳膊肘支在窗台上，往屋里探着身问道："怎么样，玛丽亚·巴甫洛夫娜？找到了吗？"

两个男孩儿偷偷听着。

"这个家伙又来掺和什么？"列夫卡感到奇怪。

"可怜她呗，"谢廖沙低声说道，"他们要是也像我们一样被她骂，就不会可怜她了！咱们去听听，没准儿她在说我们的坏话呢。"

他们走近了一点儿，躲在灌木丛后面。

只听玛丽亚·巴甫洛夫娜说：

"它很长一段时间都忘不了柯利亚……还和我一起去墓地……它可以感受到柯利亚还活着……"

窗户突然嘎嘎作响，两个男孩儿惊怒地面面相觑，老教授也开始着急，说道：

"玛丽亚·巴甫洛夫娜，亲爱的，不要说了，不要说了，我们会帮你找回你的小猫。我想到了一个办法，"他颤颤巍巍地推了下眼镜，又掏了掏侧衣兜说，"我写了一张告示，打算让小伙子们把它贴到栏杆上。你先不要着急，要保重身体！”

说完，他起身离开，往楼里走去。

"小家伙们！"

"你去！"列夫卡突然害怕了。

"你去！"谢廖沙反驳道。

此时，老人向他们走来。

"来吧，小伙子们！我有个任务要交给你们，可不要拒绝我这个老头——去人多的地方把这些告示贴上好吗？要快点呀！"他朝窗户那边点了下头说，"那位老太太很可怜，我们得想办法帮帮她。"

"我们……"谢廖沙结结巴巴地说。

列夫卡伸出手说："给我吧！我们现在就去，走吧！谢廖沙！"

"好孩子！"

于是，两个男孩儿跑到了街上。

"瞧瞧，这上面写的什么？"谢廖沙说。

列夫卡展开了一张告示。

"五卢布？这么多钱？就为了一只橘猫！他是疯了吗？"

谢廖沙耸了耸肩说道：

"所有人都疯了。"他皱着眉头说，"说不定所有的住户都会交钱，我爸爸也会交的。喏，给你，这是按钉。"

"把它贴哪儿啊？得在人多的地方。"

"咱们去合作社吧，那儿总是有很多人。"

说完，两个男孩儿跑了出去。

"另一张我们就贴到车站吧，那儿人也多。"谢廖沙气喘吁吁地说。

列夫卡突然停了下来。

"等一下，谢廖沙！咱们已经陷入这个麻烦里了，就像苍蝇陷进蜂蜜里一样！这可太蠢了！太蠢了！"

谢廖沙拉住他的手说：

"你说那位老奶奶会把小猫带回来吗？然后告诉大家我们的事？"

列夫卡思索着，狠狠地咬着指甲。

"那现在该怎么办？"谢廖沙看着他的脸问。

"撕了它，"列夫卡跺了下脚，"把它埋到地里！"

"不行，"谢廖沙皱了皱眉头，"被大家问到，到时候又得撒谎。"

"撒谎又能怎样？咱们口径一致不就行了！"

"我们让那位老奶奶把猫带回来，不就完事了？说不定她不会说我们的事呢？"

"说不定，说不定！"列夫卡嘲讽道，"你可别指望那老太太，她到时候出卖我们，然后跟全院子的人说出这个秘密，我们就完蛋了！"

"对，不行，"谢廖沙说，"我爸爸说过，是哪个浑蛋把它偷走了。"

"过得好好的，还被他们当成浑蛋了！咱们绕过这个路口，把它撕碎了埋在长椅下面。"

两个男孩儿走到街角，在长椅上坐下来。谢廖沙拿过那张告示，把它揉成一团，说："那个老太太又要等它回家了，可能今天一晚上都睡不了了。"

"她一定睡不了了……那她儿子为什么死了呢？"

"不知道啊，他病了很久，之前是她丈夫死了，留下了一只小猫，现在小猫也没了……她确实很可怜啊！"

"得了！"列夫卡坚定地说，"咱们可不能因为她可怜就把事情搞砸了，来撕吧。"

"你自己撕吧！为什么要我撕？你心眼儿真多！"

"咱们公平一点儿，你一张，我一张！来吧！"

只见，列夫卡把告示撕成了小碎片。

紧接着，谢廖沙也把纸折起来，再慢慢将它撕成两半。他捡起碎屑，又在地上挖了一个坑。

"放吧！好好把它埋起来！"

两人这才松了一口气。

"她就不该用那样的话来骂我们。"列夫卡淡淡地说。

"但她也没有把玻璃的事告诉别人。"谢廖沙提醒道。

"好吧！我已经受够这些了！我明天还是去学校吧，咱们同学都在那儿踢足球呢，不然整个假期就浪费了。"

"不会的，很快就要去夏令营了，在那儿起码要待一个月呢，就没有这些烦心事了。"

列夫卡皱着眉头。

"那我们回家吗？"

"回去要怎么说？"

"全都贴上了，就这样，就说这么多。"

"走吧！"

此时，老教授还站在玛丽亚·巴甫洛夫娜的窗边。

"怎么样，孩子们？"他喊道。

"全都贴上了！"孩子们回答道。

★ ★ ★

几天过去了，小猫还是杳无音信。玛丽亚·巴甫洛夫娜整天窝在家里不出门，屋子里也没有动静，偶尔邻居们会来看看她。

谢廖沙的妈妈每天都会派她的丈夫前去探望：

"米沙，快去给那个可怜的老人拿点果酱，假装什么都没发生过，不要提宠物的话题。"

"一个人还要承受多少悲伤啊？"她叹了口气说。

"是啊，"爸爸皱起眉头说，"真是搞不明白，小猫到底跑哪儿去了？张贴告示也没有音信，是不是哪只狗把它撵到什么地方去了？"

那段时间早上一起来，谢廖沙就一副闷闷不乐的神情，吃过早饭便去找小伙伴玩耍。列夫卡也变得忧郁起来。

"我不去你家院子了，我们就在这儿玩吧！"

一天晚上，他们坐在栅栏边，看到玛丽亚·巴甫洛夫娜轻轻把窗帘拉开了。她点了一盏灯，然后把它放在了窗台上。随后，她又驼着背来到桌前，往小碟子里倒了点牛奶，把它放在了灯旁。

"她在等小猫回来，以为它看见灯光就会跑过来。"列夫卡叹了口气。

"反正它不会回来了，它被关在某个地方了。我倒能送她一只牧羊犬，这是一个男孩儿答应给我的。但我想自己养它，那狗还挺乖的。"

"你知道吗？"谢廖沙突然兴奋起来，"这儿有个阿姨，她家的猫刚刚下了很多小崽儿，咱们明天去要一只吧。说不定正好能碰到那种橘黄色毛的！到时候给那老奶奶送过去，她肯定会很高兴，然后就会忘了她家的咪咪。"

"咱们现在就走吧！"列夫卡听完从栏杆上跳了下来。

"现在时间太晚了……"

"没关系，快点儿，一定要快！"

"谢廖沙！"妈妈喊道，"该睡觉了！"

"又得明天了，"列夫卡失望地说，"那明天一早上就去，我等你。"

★ ★ ★

第二天，两个男孩儿早早就起了床。他们来到一位陌生的阿姨家，她家的小猫生了六只小崽。阿姨友好地跟他们打了招呼，说道：

"快选吧，选吧。"说着，便从篮子里抱出几只毛茸茸的小猫咪。

房间里到处都是小猫喵喵的叫声。猫咪们还不太会爬，小爪子是张开的，一双双困惑的圆眼睛盯着两个男孩儿。

列夫卡兴奋地抱起一只小橘猫说：

"橘色的，几乎是橘色的！谢廖沙，你快看！"

"阿姨，我们可以抱走它吗？"谢廖沙问。

"可以，你想要哪只都可以抱走。你把它要放哪儿呢？"

列夫卡迅速摘下帽子，把小猫放了进去，跑了出去，谢廖沙则蹦蹦跳跳地跟在他后面。

过了一会儿，他们在玛丽亚·巴甫洛夫娜家门口停了下来。

"你先去，她是你家的邻居。"列夫卡说。

"最好咱们一起吧。"谢廖沙说

他们蹑手蹑脚地穿过走廊，小猫喵喵叫着，在帽子里扭来扭去，列夫卡轻轻地敲了敲门。

"进来吧。"那位老妇人回答。

两个男孩儿侧身挤进了屋。玛丽亚·巴甫洛夫娜正坐在书桌前。突然，她听到了什么声音，纳闷地抬起头，有点激动地问："是什么东西在你们那儿叫啊？"

"玛丽亚·巴甫洛夫娜，这是我们送给你的一只小橘猫，希望它能替代咪咪。"

列夫卡把帽子放在老妇人的腿上，一双大大的眼睛和一条橘黄色的小尾巴从里面探了出来……

玛丽亚·巴甫洛夫娜低下头，眼泪啪嗒啪嗒地滴到帽子上，两个男孩儿转过身朝门外走去。

"等一下！谢谢你们，亲爱的，谢谢你们！"她擦去眼泪，抚摸着小猫，摇了摇头，"我和咪咪给大家添麻烦了，让你们费心了。孩子们，把小猫拿回去吧……我和它待不惯的。"

列夫卡靠在床边，整个人僵在那儿，谢廖沙也眉头紧皱。

"都会过去的。"玛丽亚·巴甫洛夫娜说，"我又能怎么办呢？就用照片当个念想吧。"

说完，她指了指床头柜上的照片。照片里有双大大的眼睛在望着两个男孩儿，微笑中又流露出一丝悲伤。生病的儿子纤长的手轻抚着小猫，而咪咪坐在主人旁边，一脸吃惊。

"他很喜欢咪咪，总是亲自喂它，有时他也会激动地说：'只有咪咪不会抛弃我们，它什么都明白。'"

列夫卡坐在床边，耳朵开始发烫，很快，他的整个脑袋都在发烫，额头上也渗出了汗。

谢廖沙瞥了他一眼，他们的脑海中不禁浮现出抓这只小猫时它挣扎的画面。

"那我们先走了。"列夫卡轻声说。

"我们走吧。"谢廖沙叹了口气，便把小猫放回了帽子里。

"去吧去吧，把小猫带回去吧，我的好孩子。"玛丽亚·巴甫洛夫娜说。

于是，两个男孩儿把小猫带了回去，默默地把它放回原来装小猫的篮子里。

"你们把它又带回来了吗？"那个阿姨问。

谢廖沙无奈地点了点头，两人往家的方向走去。

"哎，"列夫卡翻过栅栏，躺到地上说，"真想在这儿待一辈子！"

"嗯？"谢廖沙在他面前蹲下，略带怀疑地发问，"那你可待不了！"

"要是能快点儿去夏令营也好啊！"列夫卡绝望地说，"不然一到假期就撒欢儿，总会惹出各种麻烦。早上起来还没事儿，然后就——嘣——惹了祸。谢廖沙，我有一个可以让自己不和别人吵架的发明，比如……"

"怎么着？在你的舌头上撒盐吗？"

"不，为什么要撒盐？你生气的时候，转过身去，闭上眼睛开始数数：一、二、三、四……直到怒气消失。我试过了，这对我很有用！"

"没有什么能对我有用，"谢廖沙摆了摆手，"倒是有个词让我念念不忘。"

"什么词？"列夫卡好奇地问。

"傻瓜，就是这个词。"谢廖沙低声说。

"闭嘴吧。"列夫卡呵斥道，说完又躺在草地上伸了个懒腰，叹了口气，"要是能找到那只猫，就没这么多事儿了。"

"我告诉过你，绑它的爪子！"

"傻瓜！应声虫！"列夫卡勃然大怒，"你再提这个，我就给你点颜色看看！绑爪子，绑爪子，还绑尾巴呢！得先找到它，知道吗？你这个愚蠢的大笨蛋！"

"数数吧，"谢廖沙有点不高兴，"数数吧，不然你又要骂人了，这不是你的发明吗……"

★ ★ ★

"我们往这边走，她就是往这边走的。"列夫卡朝街对面指了指。

谢廖沙咬着丁香花的绿枝，靠在栅栏边。

"老太太们都长得差不多，"他说，"都是满脸皱纹，驼着背。"

"不，也有一些腰板挺直的，像根杆子一样高，很容易辨认。但我们要找的那位个头可不高。"

"她戴头巾吗？"列夫卡问。

"对，戴头巾。哎，这个老太太啊，当时就把猫抱回去了，也没具体问，这是谁家的猫？万一谁家特别需要它呢？"谢廖沙懊恼地说。

"行了，"列夫卡皱着眉头说，"无论如何也得找到她，说不定她就住在附近，老人一般不会走太远……"

"现在随便一个老太太都能溜达个两三里地吧。而且，咱们也不记得，当时她是朝哪个方向走的了。"

"哪怕是朝四个方向走的，又怎么样呢？咱们就都走一遍呗！今天朝一个方向，明天朝另一个方向，我们往每个院子都看一眼！"

"然后夏天就这么过去了？！能去夏令营还好，如果去不了，到河里游泳都没有时间啦。"

"哎呀，你还想着游泳呢！把别人的猫弄走了，还不去把它找回来！"列夫卡生气地说，"赶紧走吧，就这样一直走！"

谢廖沙吐出嘴里的树枝，在旁边嘀咕道：

"也是，人的一生中总得走运一次吧！"

★ ★ ★

可两个男孩儿并不走运，相反，事情变得越来越糟。

“你去哪儿晃悠了，谢廖沙？整天撒欢儿跑，浑身弄得这么狼狈……从早到晚我就没看到你！”妈妈生气地说。

“那我在家里待着能干什么啊？”

“你该去学校啊，同学们都在那儿荡秋千啊，踢足球啊……”

“踢足球！真有意思！万一我的腿受伤了，我就得一辈子跛脚，到时候你又得骂我，要不然就是从秋千上摔下来……”

“来说说吧，”妈妈摊开双手说，“你什么时候变得这么老实了？以前总是缠着我和你爸爸，‘买个足球吧’，天天不让我们消停，现在呢……好自为之吧，别以为我不知道你的鬼把戏……”

列夫卡也挨了他爸爸的批评。

“你干吗像公鸡一样在栅栏上边待着？总得做点什么吧！”列夫卡向谢廖沙抱怨说。

其实，这段时间里两个男孩儿走遍了很多街道。有一天，他们看到一个院子的房顶上有一只橘猫，便赶忙扑了过去。

“抓住它！抓住它！上前面去！”列夫卡抬头喊道。

那只猫一下子跳到了树上。列夫卡追着它，膝盖都蹭破了皮。谢廖沙站在树下，失望地喊道：“下来吧！认错了，它胸口是白色的，而且也不长这样。”

这时，一个胖女人提着泔水桶急忙从屋里走了出来。

“又是你们！”她喊道，“看我怎么收拾你们！给我滚出去！”

她抡起泔水桶，将泔水猛泼到谢廖沙身上，弄得他后背和裤子上都是土豆皮，两个男孩儿像被火烫了一样匆忙逃到院外。谢廖沙气得咬牙切齿，一把抓起一块石头。

　　"数数！"列夫卡着急地喊道，"快数数！"

　　"一、二、三、四……"谢廖沙开始数，慢慢把石头放下，号啕大哭，"傻瓜，傻瓜，傻瓜，不管怎么数，都是个大傻瓜！"

　　见状，列夫卡默默地帮他拧干短裤，掸掉他身上的土豆皮。

★ ★ ★

　　夜里下起了雨，列夫卡等着谢廖沙，赤脚在水坑里啪嗒啪嗒地走来走去。楼上住房的窗子敞开着，传来了大人们的说话声。

　　"在骂我们呢。"列夫卡害怕地想，"是骂我们俩还是谢廖沙一个人？因为什么呢？"这些天来，他俩好像没做什么坏事，"不管做没做坏事，只要大人们想，总能挑到刺儿。"

　　列夫卡躲在灌木丛里仔细听着。

　　"我还是一点也不赞成这么做，就为一只猫害得自己犯了肺病，"埃斯菲里·雅科夫列夫娜生气地喊道，"她什么都不吃！"

　　"而且是没什么用的动物。"老教授说。

　　列夫卡轻蔑地笑了笑，心里想：

　　"他们说得倒是挺轻松……但是，她，真是够可怜的，现在连饭也不想吃一口。"他开始同情起玛丽亚·巴甫洛夫娜来，"我要是有一只牧羊犬，又非常喜欢它，把它慢慢养大，可突然有一天它消失了！不用说，我也吃不下去饭，只能喝得下格瓦斯！"

"你站在那儿干什么？"谢廖沙推了推他，"趁着我妈妈在忙，咱们快走吧。"

"走吧，"列夫卡兴高采烈地说，"不然过几天就得去夏令营了！"

于是，两个男孩儿决定去一趟集市。

"那儿的老奶奶多得数不过来！"列夫卡拍着胸脯说，"有的去买牛奶，有的去买别的东西……她们聚成一堆围在货物旁边，可以一下子在那儿看到所有人，可能我们要找的那个老奶奶也在那儿。"

"我现在还记得她，我梦见过她，"谢廖沙说，"个子矮矮的，满脸的皱纹……要是能看到这样的就好了！"

那天正赶上过节，集市上熙熙攘攘。谢廖沙和列夫卡东蹿西蹿地搜寻着每个戴头巾的脑袋。当他们看到有差不多模样的老奶奶走过来时，就赶紧跑过去截住她，差点撞倒很多买菜的主妇。

"不要脸！臭流氓！"那些人在他们后面大喊。

在那堆人里，两个男孩儿还看到了他们的小学老师。他俩赶紧躲在货摊后面，等老师走远了才又冲回街上。老奶奶这里可有的是，高的矮的，胖的瘦的，各种各样。

"可咱们要找的那个在哪儿呀？"列夫卡着急地说，"她总得给自己买点儿肉吧！她不做饭吗？"

太阳越升越高，晒得两个男孩儿的头发都粘在了额头上。

"喝点格瓦斯吧！"列夫卡提议。

谢廖沙从口袋里掏出二十戈比。

"来一杯两人份儿的！"他说道。

"三份儿都行啊。"小贩儿用手帕擦了擦晒红的脸，懒洋洋地回答。

"喝吧，"谢廖沙用手指了指杯子说，"喝到这个高度。"

列夫卡闭上眼睛，酣饮起冰凉的饮料。

"别让泡沫洒出来啊！"谢廖沙提醒道。

这时，一个戴着黑头巾的矮个子老奶奶从两人旁边走过，惊讶地看着他们俩。

"我是不是看错了？孩子们，是你们吗？"她大声问。

谢廖沙一下子怔住了，猛地推了推他的小伙伴说："快看！"

扑哧一声，从列夫卡的嘴巴里喷出来一口格瓦斯，全洒到了他的脖子上。

"啊！"他激动地手舞足蹈起来，"谢廖沙！是她！是她！"

"奶奶，是您吗？"谢廖沙上气不接下气地问。

老奶奶点了点头：

"是，是我啊……"

列夫卡挥舞着杯子，跳起来大喊："亲爱的奶奶呀！"

卖格瓦斯的小贩绕到摊位前面来，扯着他的衣服说：

"小朋友，请把杯子还给我！"

谢廖沙挠了挠后脑勺，舔了舔干燥的嘴唇。而列夫卡头都没回，就把空杯子递给了小贩，忙对老奶奶说：

"奶奶，让我们去你家吧！有多远呢？几里地都行！"列夫卡抓住老人的手，激动得喘不过气。

"等一下，等一下！我的天啊，你们疯了吗？"她推辞道。

"走吧，走吧，亲爱的奶奶！"列夫卡一边走，一边亲了一下老奶奶的脸。

"瞧，孩子们多么爱他们的奶奶啊！"卖牛奶的女人笑了，"看着真好！"

"真够磨人的！"一位老人见状摇了摇头。

"让一让！"列夫卡一边推开行人，一边大喊，"快！奶奶！"

"亲爱的！你们俩一直在我耳边嗡嗡嗡……到底是要干什么呀！"老奶奶有点生气了。

他们走到集市出口，老奶奶停下来低声问道：

"你们到底想要我干什么？"

"那只橘猫！奶奶，您还记得吗？有天晚上，在大街上，我们把它给您了。"

列夫卡接着说："就因为这个，我的小妹妹一直哭啊，现在瘦得像根火柴棒了！"

"哎呀……你是说，想要把它抱回去吗？"

"对！抱回去！"

"这还差不多，早该直说呀，你们都快把我扯两半儿了。"

"还活着吗，那只猫？"谢廖沙担心地问。

老奶奶慢悠悠地走着，掏出一块折成四半的手帕，擦了擦脸。

"还活着吗？"列夫卡忙追问。

"它怎么能不活着呢？那么肥的一只猫……哎呀，你们最好把它带回去吧，太折磨人了！就知道在屋里乱跑，到处闻来闻去的……"

"闻就闻吧！快走吧，奶奶！"列夫卡说着一把抓住奶奶的胳膊。

老奶奶甩开他的手说：

"把你的手拿走！你那只猫就像你一样烦人。早上叫，晚上起来又叫，我一点儿也不喜欢它，已经把它给我女儿了。"

"怎么就给女儿了？给什么女儿？一、二、三、四……"列夫卡忍着怒火，数起数来。

"就一直给她养了吗？"谢廖沙吃惊地说。

"为什么一直？只是暂时放她那儿。"

"那她住哪儿？"

"女儿吗？在莫斯科。她能住哪儿啊，她的孩子都在那儿呢。"

"快把地址给我！"列夫卡咬着牙说。

"什么地址？我自己也没去过那儿。那里太吵了……我女婿活着的时候，就住在那里，出门总是坐地铁……"

谢廖沙摆了下手说："完了，咪咪找不到了！"

"不可能！"列夫卡激动地说，"就是莫斯科我也要去，我也要坐地铁，就是化成灰，我也要把那只猫给找回来！"

"找什么找呀？"老奶奶突然说，"我女儿昨天把它带回来了。那个就是我家，进来坐吧！"

她转过身，抖了抖钥匙准备开门，指着窗户呵斥道：

"坐下，坐下，小橘猫！别伸出来，别把玻璃压坏了，可真不听话啊。"

列夫卡跑到窗前，双手抓着窗框，鼻子贴到玻璃上喊道："咪咪！小胡子！"

"耳朵，快看耳朵！"谢廖沙尖叫了一声。

随后，列夫卡便神气十足地走在大街上。

小橘猫锋利的爪子划了一下他的脖子，谢廖沙笑嘻嘻地说：

"它还给了你点儿颜色瞧瞧！得啦，忍一下吧！"

"可别再让它跑了呀。"列夫卡喘着气说。

★ ★ ★

此时，玛丽亚·巴甫洛夫娜从窗台上取下小碟子，倒掉变质了的牛奶。她站在屋子中间，仔细听着外面的动静。

这时，门突然被打开了。

"看！"列夫卡喊道，并松开了手。

只见一个橘色毛团从他的怀里跳下来，摇晃着尾巴，一下子钻进主人的怀里，老妇人手里的碟子欢快地滑落到地上。

"亲爱的，这到底是怎么一回事？"

谢廖沙拍了拍列夫卡，两个人跑到屋外，嬉闹着躺到草地上。

那是一种只属于男孩子的巨大快乐，他们互相戳打着对方的肚子说："找到了！找到了！找到额头上三道纹的那个小家伙了！"

★ ★ ★

又过了几天，林荫路上，鼓声阵阵。学生们背着书包，头戴白帽，准备开启愉快的夏令营时光。喜悦的父母们站在旁边小路上与他们告别。列夫卡努力挣脱队伍，跳起来朝谢廖沙挥手。

"快看，是谁站在那儿呢！"

原来，玛丽亚·巴甫洛夫娜正站在门口，只见她用手遮着阳光，往队伍这边望，好像在着急地找着谁。那只耳朵外翻的大橘猫正趴在栅栏上。

"玛丽亚·巴甫洛夫娜，再见！"

列夫卡小脸红扑扑的，贴近栅栏喊道。

"咪咪，再见啦！"

说完，谢廖沙伸手摸了摸橘猫毛茸茸的大尾巴。

知错能改，善莫大焉。一时泄愤不会让人快乐，只会挑起事端。友爱和善意才是真正快乐的源泉。

建筑师

　　院子里的红土堆得高高的，宛若小山。一帮小男孩儿蹲在那儿，在土堆里挖出曲曲折折的地道，堆出一座城堡。他们忽然发现，旁边还有一个小男孩儿也在那里挖土。他的小手沾满了红土，正往铁罐里蘸水，努力给泥房子砌上一圈墙。

　　"喂，说你呢，你在那儿干吗呢？"孩子们朝他喊道。

　　"我在盖房子。"

　　孩子们走了过来。

　　"这算什么房子啊？它窗户是歪的，屋顶是平的。你瞅瞅，就这，还当建筑师呢！"

　　"轻轻一推，它就散架了！"一个小男孩儿大喊一声，踢了小房子一脚。

　　紧接着，一面泥墙应声倒地。

　　"你瞅瞅，谁会像你这样盖房子？"孩子们一边叫喊，一边毁掉了小男孩儿刚刚抹好的墙。

　　"建筑师"紧握双拳，一声不吭地坐在那儿。当最后一面墙也倒了，他便无奈地离开了。

　　第二天，小男孩儿们在老地方又见到了"建筑师"，他重新盖起了泥房子。只见他的小手沾满了红土，正往铁罐里蘸水，努力盖到第二层……

　　不是每个人都能清楚自己的梦想。有了梦想，就不能惧怕困难与挑战。

谁 是 主 人

　　柯利亚和万尼亚在大街上捡到了一只大黑狗，给它取名茹克。当时，茹克的一条腿受伤了，柯利亚和万尼亚便一起照顾它。茹克康复后，两个男孩儿都想成为它唯一的主人。他们一直吵吵嚷嚷，始终没能解决这个问题。一天，他们在森林里散步，茹克跑在前面，两人又激烈地争执起来：

　　"这是我的狗，"柯利亚说，"是我先看到茹克，然后把它抱起来的！"

　　"不，它是我的！"万尼亚生气地说道，"是我给它包扎的爪子，并且给它喂食的。"他们俩谁都不肯让步。

　　"是我的！是我的！"两个人喊着。

　　突然，两只大牧羊犬从护林员的院子里蹿了出来。它们冲向茹克，把它扑倒在地。万尼亚急忙爬到树上，大喊道："救命啊！"

　　柯利亚则拿起一根木棍，不顾危险地跑过去解救茹克。护林员闻声赶来，把他的牧羊犬赶跑了。

　　"这是谁的狗？"护林员生气地问道。

　　"我的狗。"柯利亚说。

　　后来，万尼亚再没有和柯利亚抢过狗狗的所有权。

如果你想成为谁真正的主人，就要冒着受伤害、掉眼泪的危险。

劳动使人温暖

一天，满满一车木柴被送到寄宿学校里。

老师尼娜·伊万诺夫娜说："大家快穿上毛衣，我们去搬木材。"

孩子们听完赶忙跑去穿衣服。

"要不让孩子们都穿上大衣？"保育员说道，"今天可挺冷啊，秋天了！"

"不用，不用！"孩子们喊道，"我们一会儿要干活儿！会热的！"

"没错！"尼娜·伊万诺夫娜笑着说，"我们身上一会儿就热乎了！劳动使人温暖嘛！"

勤劳的双手可以驱散寒冷，温暖身体；也可以点燃生活的热情，温暖心灵。

小事一桩

　　寒假正遇上严冬，莫斯科白雪皑皑，银装素裹，街心公园玉树琼枝，霜满枝头。尤拉和萨沙从溜冰场跑了出来。严寒像刀子一样刮在他们的脸上，穿透他们的棉手套，两个小男孩儿的手指头都被冻僵了。虽然离家不远，可路过药店时，他俩还是跑进去想取取暖。他们瑟瑟发抖、哆哆嗦嗦地走了进去，发现药店暖气旁站着一位老奶奶。她裹着一条暖和的毛绒头巾，一双湿漉漉的棉手套正放在暖气上烘着。一见到他们，老奶奶赶忙将自己的手套移到一边，拽拽毛绒头巾，露出消瘦的下巴说道：

　　"快来暖和暖和，亲爱的孩子们！这是老天爷发怒了吧，天这么冷，真是的！走着走着脚都没知觉了。"

　　"那您冻僵了吗，老奶奶？"尤拉调皮地问道。

　　萨沙瞥了老奶奶一眼，她的脸爬满了细细的皱纹，冻得通红。

　　"当然冻僵了，孩子们！"老奶奶叹了口气，"唉，真没想到，我平时哪儿也不去，偏偏今天不凑巧，出了门！"她又接着解释道："我是去领木柴的，家里没柴了。以前，都是我女儿和邻居帮我送木柴，可现在我女儿在外地，邻居又生病了，我就想，还是我自己去吧……这么冷的天，我的老天爷呀，生不了火可怎么活！所以我就出门了。可木柴场休息了没开门，我的手脚都快没知觉了，冻得喘不过气来。好不容易走到街角，我就进了药店！现在我连木柴也不想要了，就想快点回家！"

说完，老奶奶戴上厚厚的棉手套，整理了下头巾。

"我先走了，孩子们，你们再暖和暖和吧！"

"我们现在也要回家啦！这大冷的天儿快咬掉我半个鼻子了！"尤拉大笑着说。

"它还一路上咬我的耳朵呢！不过溜冰场的冰面棒极了！就像在镜子上滑行似的，都能看得见自己的倒影！"萨沙说道。

"你们用帽子护着点耳朵呀，不然耳朵会冻得跟个小红菇似的。"老奶奶担心地说，"这种天气很容易被冻伤的。"

"没事儿，我们很快就到家啦。"

"嗯嗯，我离得也不远，我差不多也要走了。"说完，老奶奶准备动身离开了。

"那我们一起走吧，老奶奶！"

★ ★ ★

尤拉和萨沙从药店出来后，哆哆嗦嗦地跑在前头。他们回过头，只见那位老奶奶正捂着脸，小心翼翼地挪着步，神情战战兢兢。

"老奶奶！"他们喊道。

可老奶奶没听见。

他俩决定等一会儿老奶奶。男孩儿们把冻僵的双手揣进袖子，焦急地在原地跺着脚。

"真没想到，我们又见面了！"老奶奶看到面前熟悉的面孔，既高兴又惊讶。

"可不嘛，我们又见面啦！"萨沙哈哈大笑起来。

"没啥奇怪的！"尤拉扑哧一声笑了，歪着头贴着老奶奶的毛绒头巾，欢快地喊道，"我们一直在等您，老奶奶！您拽着我。"

"严寒可怕我们呢！"萨沙喊道。

老奶奶紧紧抓着尤拉的袖子，小步快走在结冰的人行道上。在路过写有"木柴场"几个字的大门时，她抬头看了看，伤心地说：

"现在又开门了！唉，我还有木柴票呢！让它们都见鬼去吧！"

这时，萨沙停下了脚步，说道："您等一下，很快就搞定啦！您稍等，我和尤拉去取！您把木柴票给我！尤拉，咱俩一起去取木柴吧！"

"好呀！这对我们来说就是小事一桩！"尤拉拍了拍棉手套说，"老奶奶，把木柴票给我们吧！"

老奶奶困惑地看看他俩，在棉手套里翻了翻，找出了木柴票。

"这能行吗？"她把木柴票递给萨沙说，"你们为什么要在这儿挨冻啊？我今天会想办法对付过去的，我可以向邻居们借点木柴呀……看，那就是我家！红色大门那个！你们快跟我一起回去暖和暖和！"

"我们自己去取！然后送到您家！"萨沙依旧坚定地说，"您先回家吧！尤拉，你送一下老奶奶！好好问一下地址！"

老奶奶再次看了一眼敞开的木柴场大门，又看了看萨沙，便挥挥手，快步往家走去，尤拉则紧跟在她身后。

尤拉回来时，萨沙正和搬运工将冻得硬邦邦的木头堆放在小爬犁上，他还煞有介事地指挥着："叔叔，要放干木头！要白桦木的！这是给老人送的木柴！"

★ ★ ★

此时，在老奶奶的厨房里，一位邻居对她说：

"您怎么能这么安排呀，老大娘？把木柴票给两个小孩儿，人就走啦！"

"是呀，就这么安排的，玛丽亚·伊万诺夫娜！但不是我安排的，是孩子们自己安排的！真是两个好孩子啊！可千万别把他们冻坏了！"

"老大娘，难不成您认识他们？"邻居问。

"当然认识，玛丽亚·伊万诺夫娜！怎么会不认识？我们在药店一起待了快半小时，然后又一起回的家！"老奶奶一边回答，一边摘下头巾，捋了捋两鬓的白发。

这时，萨沙和尤拉使劲用拳头敲着门，裹着一身寒气来到老奶奶家门口。

"木柴运来了，老奶奶！您快来接木柴！要放在哪儿啊？您拿把锯子来！全都要锯开！斧头有吗？再拿把斧头！"萨沙指挥着众人。

"要锯子和斧头！我们现在给您全都锯好、劈好！这对我们来说就是小事一桩！"尤拉喊道。

"老大娘，您的孙子都是好样的！做事像模像样。"搬运工站在他们身后低声说，"给您送来的都是最好的木柴啊！"

"哎哟，我的天哪！已经送来了！玛丽亚·伊万诺夫娜，木柴已经送来了！您还问认识吗？认不认识又有什么关系，玛丽亚·伊万诺夫娜，他们不是都戴着红领巾吗？"

不多时，院子里传来斧头的敲击声和锯子的吱呀声，还夹杂着两个小男孩儿欢快又故作深沉的说话声，他们吩咐着刚在院子里紧急叫来的孩子们：

"快抬到外屋地去！要堆成垛！"

忙碌了好一阵后，屋门砰的一声响了。只见萨沙走近炉边，抖落着棉手套上的木屑说：

"完事啦，老奶奶，要是有做得不好的地方，您多多包涵！"

"你们真是我的好孩子……"老奶奶感激地说道，"亲爱的孩子们，你们可帮了我大忙啦！"

"举手之劳而已。"尤拉不好意思地说。

萨沙也点了点头："这对我们来说是小事一桩！"

家家有老人，人人都会老。尊老、敬老、爱老、助老是一种高尚的品德。

干多少活儿，分多少蜜

　　从前，有位老教师一个人生活。他的学生们虽然早已毕业成家了，却始终都在惦记着他。

　　有一天，老教师家里来了两个小男孩儿，他们说："我们的妈妈让我们来帮您干活儿。"

　　老教师向他们道了谢，便请他们帮忙给花园里的空木桶打满水。旁边的长凳上放着几个喷壶和铁桶。树上还挂着一个玩具水桶，又小又轻，天热的时候，老教师就用它喝水。

　　一个男孩儿选了个结实的铁桶，他用手敲了敲桶底，便拿起它慢慢朝井边走去。而另一个男孩儿则从树上取下那只小桶，追上同伴。

　　老教师站在窗前，看着男孩儿们来回运水。蜜蜂在花丛中飞舞，整个花园都弥漫着蜂蜜的香甜。男孩儿们开心地聊着天，拿铁桶的孩子时不时停下来，把桶放到地上，擦着额头上的汗；而另一个孩子则跑来跑去，小桶里的水溅了一地。

　　木桶装满水后，老教师便把两个男孩儿叫到身边，再次向他们道谢。他把一个装满蜂蜜的大陶罐放到桌上，在旁边又放了一个同样盛满蜂蜜的小玻璃杯。

老教师说："孩子们，拿走你们应得的礼物，把它带给你们的妈妈吧。"

可两个小男孩儿都没有伸手去拿。

"这该怎么分才好呢？"他们感到很为难。

"干多少活儿，分多少蜜。"老教师平静地说。

一分耕耘，一分收获。付出多少汗水，便会得到多少喜悦。

夏令营

一天晚上，娜塔莎和穆夏相约第二天吃过早饭去小河边玩耍。

"那地方棒极了！"娜塔莎从床上探出身子，小声说道，"河水既清澈又凉爽，浅浅的根本淹不着人，对不会游泳的人正合适。"

"那么，我们明天一早就出发，去河里洗个澡！但别告诉其他人，大家一下子都去了，我们就没法练习游泳了！"穆夏说道。

一个阳光明媚的早晨如约而至，窗户敞开着，外面的鸟儿正一展歌喉，放声高唱，吵得人没法继续入睡。娜塔莎和穆夏还没等闹钟响起，就早早收拾好了自己的床铺。

可早上集合时，辅导员通知大家说，天气闷热，预计会有雷雨，所以附近的农庄要赶工收割干草，需要大家帮忙。

"我们去帮忙！我们去帮忙！"孩子们纷纷响应。

"多给我们分点活儿吧，我们人多。"

"我们人多！请多给我们分点活儿！"娜塔莎和穆夏跟着大家一起喊道。

"那么早饭后我们就不去游泳了，吃完午饭再去吧！"
两人商量道。

　　说干就干，没过一会儿整个营地的人都出来帮忙收割。
小少先队员们有的拿着耙子搂草，有的接着把草垛成一堆，
田野里响起了欢快的歌声。太阳高悬在田野上空，默默地注
视着这群孩子，无情地炙烤着他们的头和背。干花和干草散
发着浓浓的香气，地里堆起了一个又一个结实的草垛。有个
草垛旁放着一桶清水，孩子们会时不时拿着耙子跑到那儿匆
忙地喝几口水，喝完又接着干活儿。

　　"这个时候去河里洗澡才过瘾呢！早上嘛……一点儿也
不热，热的时候游泳才好玩呢！"娜塔莎一边说着，一边把
散下来的头发拢进头巾，用水打湿额头。

　　"现在是最热的时候，这会儿去游泳可不是什么好
事！等我们干完活儿，天气也差不多凉快了，到时候再去游
吧！"穆夏回应道。

　　午饭前，所有农活儿都干完了，一个个堆叠整齐的草
垛远远望去像极了一间间齐整的窝棚，收割后的田野光秃秃
的，只剩下密密麻麻的草茬儿。孩子们都去吃午饭了，娜塔
莎和穆夏悄悄将毛巾和肥皂藏到了桌子后面。

　　"我们马上去游泳吧！"

　　"得赶在大家午睡前回来！"两人小声嘀咕着。

　　　　　　　　　　　★ ★ ★

　　天气闷热，灌木丛静立不动。从森林那边飘来一大片乌

云，天色顿时阴沉下来。娜塔莎和穆夏穿过田野，径直朝河边跑去。

"快点儿！快点儿！我们应该还来得及在暴风雨前到河里洗个澡！"

谁知这时狂风大作。旋风猛地刮过草垛，干草顿时像羽毛般被撕扯吹散。

女孩儿们见状，急忙气喘吁吁地奔回了营地。

"同学们！同学们！快醒醒！草垛没盖好！干草全被风吹散了！"

可同学们太累了，一个个都还在睡梦中。

"快醒醒！快醒醒！"她们的声音传遍了整个营地。

过了一会儿，号手吹响了警报，所有人都冲进田里，捡起路边的树枝盖住干草堆。此时，风突然停了，一道锋利的闪电穿透云层，大雨倾盆而下，这场夏日大雨让闷热的空气瞬间变得凉爽。

上午，烈日下的劳作让孩子们筋疲力尽，此时他们仿佛站在一个大大的淋浴喷头底下。娜塔莎和穆夏是最后回到营地的，她们的头发湿漉漉的，脸颊和眼睛却闪闪发光，淋湿的衣服紧贴在身上。

"这下是真的洗了个澡呢！"娜塔莎喊道，"雨水干净又凉爽，最重要的是还淹不着人。"

"多适合那些不会游泳的人啊！"穆夏听罢，幽默地回应道。

集体利益就是每一个人的利益，而顾全大局是身处集体中的我们不可推脱的一种责任。

开拖拉机的爸爸

维佳的爸爸是一个拖拉机驾驶员。晚上维佳睡觉的时候，爸爸就会开着拖拉机在田里干活儿。

"好爸爸，带我一起去吧！"维佳央求道。

"等你长大了，我就带你去。"爸爸平静地说。

整个春天，每当爸爸要开拖拉机去田里时，父子之间都会发生如下对话：

"好爸爸，你带上我吧！"

"等你长大了，爸爸就带你去。"

一天，爸爸问道："维佳，你每天都问同一个问题，不累吗？"

维佳说："那爸爸呢，每次都回答同样的话，累不累呀？"

"肯定累呀！"爸爸笑呵呵地开车带着维佳驶向田里。

即使是最不善于表达的父亲，感受到孩子的爱意时，心里也会乐开了花。

一视同仁

　　一次，妈妈对爸爸说："不要大呼小叫！"爸爸马上就压低了嗓门。

　　从那天起，塔妮娅就再也没有用大嗓门讲过话。有时，她想大喊大叫，想发脾气，都尽力克制住了。还用说吗！如果连爸爸都不能大声喊叫，那就更别提塔妮娅了。

　　如果不行，那就谁都不行，大家都要一视同仁嘛。

　　没有规矩不成方圆，规矩面前人人平等。

溜冰场

一天，阳光明媚，溜冰场上的人不多，冰面闪闪发亮。有个小女孩儿张开双臂，在两个长凳之间笨拙地来回滑行。不远处，两名中学生穿好溜冰鞋，注视着维佳。维佳是个溜冰好手，能做出各种高难度动作，一会儿抬起一只脚，一会儿转好几个圈。

"太厉害了！"其中一个男孩儿对他喊道。

维佳在滑冰场飞速地滑了一圈，然后一个潇洒的转身，一不小心撞到了那个小女孩儿。

"我不是故意的……你受伤了吗？"他说着，帮小女孩儿拍掉大衣上的雪。

小女孩儿笑着说："我的膝盖……"这时，身后传来的笑声打断了女孩儿的话。

"他们一定是在笑话我呢！"维佳心想，便气恼地转身滑走了。

"大惊小怪的，还膝盖！真是个小哭包！"维佳经过那两个中学生时故意冲他们喊道。

"来我们这儿啊！"他们冲他喊道。

于是，维佳滑到他们身边，三人手拉手，开心地在冰面

滑行。而那个小女孩儿则一个人坐在长凳上，揉着自己受伤的膝盖，伤心地抽泣着。

　　羞于给予善意不仅会对别人造成伤害，也会让自己追悔不已。

奶奶和孙女

妈妈给塔妮娅拿来一本新书，对她说："小时候奶奶总给塔妮娅读故事，现在塔妮娅长大了，也给奶奶读读这本书吧。"

塔妮娅说："奶奶，快坐！我给您读个故事。"

奶奶静静地听塔妮娅读故事，妈妈在一旁称赞道："你们简直太棒啦！"

你陪我长大，我陪你变老，这就是爱的意义。

同甘共苦

一年级刚入学时，娜塔莎就想认识班里的另一位小姑娘。她叫奥莉娅，生有一双浅蓝色爱笑的眼睛。

"我们做好朋友吧。"娜塔莎说道。

"好呀！"奥莉娅点点头，"我们一块儿捣蛋吧！"

娜塔莎惊讶地问："交了朋友就要一块儿捣蛋吗？"

奥莉娅大笑着说道："当然啦，朋友都是一块儿捣蛋，还要因为这个一起挨骂呢！"

"嗯……那好吧……"娜塔莎犹豫地说道，接着她突然又笑了起来，"那她们也会一起被表扬，对吧？"

"嗯，不过这种情况并不多见。"奥莉娅皱起鼻子说道，"这就得看你交了什么样的朋友啦！"

虽然每个人都渴望拥有朋友，但我们要看清什么样的人值得成为朋友。

看守员

看啊，幼儿园里有很多小玩具。小火车头绕着轨道转圈跑，遥控小飞机在房间里嗡嗡飞，童车里还放着各式各样漂亮的洋娃娃。小朋友们在一起玩得开心极了。可是有一个小男孩儿没跟大家一起玩儿，他一直看守着一堆玩具，不许其他小朋友碰。

"我的！我的！这些是我的！"他大叫着捂住玩具。

小朋友们没再理他，因为他们还有好多玩具呢。

小朋友们对老师说："真好玩！我们很开心！"

"可我觉得很无聊！"角落里的小男孩儿喊道。

老师惊讶地问："这是为什么呀？你有那么多的玩具呢！"

小男孩儿也说不上来自己为什么不开心。

"因为他不玩玩具，就只是看守着它们呗。"其他小朋友替他答道。

不懂分享的人，身边往往没有多少朋友。

塔妮娅的收获

　　每天晚上，爸爸都会拿着一个本子和一支铅笔，坐到塔妮娅和奶奶身旁问："你们今天都有什么收获呀？"

　　爸爸曾告诉过塔妮娅，收获就是一个人在一天里做的所有好事、有意义的事。爸爸不厌其烦地在本子上记录着塔妮娅每天的收获。

　　一天，爸爸拿着笔问道："今天你们有什么收获呀？"

　　"塔妮娅洗碗的时候打碎了一个茶杯。"奶奶回答道。

　　"嗯……"爸爸有些为难。

　　"爸爸！"塔妮娅央求着，"是茶杯不听话，自己掉下去的，千万别把这件事记到本子上，就写'塔妮娅今天洗碗了'，好吗？"

　　"听你的！"爸爸听完开怀大笑，"它不听话，我们罚它。那下次洗碗的时候，某个小朋友可要更当心呦！"

　　人并不会一天长大，生活中一点一滴的小事才是我们的收获。

扣　子

　　塔妮娅的上衣有个扣子掉了，她便在那儿缝了好久。

　　"奶奶，"她问道，"是所有的男孩儿和女孩儿都会缝扣子吗？"

　　"我不知道呀，小塔妮娅，所有的男孩儿和女孩儿都会把扣子弄掉，但缝扣子这个活儿基本上都给奶奶们做了。"

　　"原来如此！"塔妮娅生气地说，"那你怎么让我自己缝呢，就好像你不是我奶奶一样！"

　　一直如此未必准确，自己的事情还是要自己做。

药

一天，小女孩儿的妈妈生病了。医生来家里给她诊病，结果一进来就看到这位妈妈一只手托着头，另一只手在收拾小女孩儿的玩具。而小女孩儿则坐在自己的椅子上，发号施令道："快给我积木！"

妈妈便从地上捡起积木，放进盒子里，递给女儿。

"布娃娃呢？我的布娃娃在哪儿？"女孩儿又大声喊道。

医生看了一会儿说："除非您的女儿学会自己收拾玩具，否则妈妈不会好起来的！"

有时候，听话懂事是孩子给父母最好的"药"。

报 仇

卡佳来到自己桌前，突然惊叫一声——原来，她发现自己的抽屉被拉开了，新买的颜料撒了一地，画笔被涂脏了，桌上到处是棕色的水渍。

"阿廖沙！"卡佳一边喊道，"阿廖沙！"一边捂着脸放声大哭。

只见阿廖沙圆圆的小脑袋从门外探了进来，小脸和鼻子上还沾着颜料。

"我可什么都没做。"他连忙解释说。

卡佳见状攥着拳头跑向他，弟弟顺着窗户就逃到花园去了。

"我要报仇！"卡佳哭着喊道。

阿廖沙像猴子一样蹿上大树，挂在树枝上，指着姐姐的鼻子说：

"还哭上了，因为一点儿颜料就哭！"

"我会让你也哭的！"卡佳大喊，"而且你会哭得很惨！"

"想让我哭？"听完，阿廖沙哈哈大笑，又迅速往高处爬去，"先抓到我再说。"

突然，阿廖沙脚下一空，幸好他顺势抓住一根细枝。可树枝嘎吱一声也被掰断了，阿廖沙狠狠地摔在地上。

卡佳闻声赶紧跑了过来，完全忘了刚才的争吵和被弄脏的颜料。

"阿廖沙！你没事吧？"她大喊。

弟弟抱着头坐在地上，可怜巴巴地看着她。

"站起来啊！能站起来吗？"

可阿廖沙还是缩着头，眯着眼睛。

"你站不起来了吗？"卡佳摸着他的膝盖担心地问。

"你扶我。"

卡佳听完搂着弟弟的肩膀，小心翼翼地扶他起身。

"疼吗？"

阿廖沙摇了摇头，突然放声大哭。

"怎么，站不起来吗？"卡佳问道。可阿廖沙哭得更大声了，边哭边紧紧抱住姐姐。

"我以后再也不动你的颜料了……再……也不会了。"

兄弟姐妹之间免不了发生矛盾、摩擦，但始终要懂得修复彼此的感情。

新玩具

一天，叔叔坐在行李箱上，打开记事本问道："你们想要些什么玩具呢？"

孩子们笑着走过来说：

"给我带个布娃娃吧！""给我一辆小汽车！""我想要一台吊车！

孩子们争先恐后地说出自己想要的新玩具，叔叔默默地做着记录。

只有维佳坐在一旁，默不作声，因为他不知道和叔叔要点什么。他家里每个地方都堆满了玩具，有小火车、小汽车和小吊车……维佳早已拥有了其他孩子们所有想要的玩具，他甚至已经没有什么愿望了。叔叔会给每个小朋友带一个新玩具，只有维佳什么都不会得到。

"你为什么不说呢，小维佳？"叔叔问。维佳伤心地抽泣起来，"我什么都有了……"他边说边流下眼泪。

拥有了一切，反倒没有了期待，也未必快乐。

画 卡

卡佳有很多漂亮的画卡。课间休息时，纽拉在卡佳身旁坐下，叹了口气说：

"卡佳你真幸福，大家都爱你，不管是在学校还是家里……"

卡佳欣慰地看着小伙伴，害羞地说道：

"可我有时候做得非常不好……我自己都这么觉得……"

"哪儿有啊！"纽拉摆了摆手，"你多好呀，你是我们班最善良的，人还非常大方。我如果向别的女生要东西，她们肯定不会给；而向你要，问都不用问……比如画卡……"

"啊，画卡啊……"卡佳说着，从书桌里掏出一张信封，挑了几张画卡放在纽拉面前，"你就直接说呗……何必要夸奖一番呢？"

诚心实意的沟通胜过虚情假意的夸奖。

小松鼠的恶作剧

一天，少先队员们到森林里去采榛子。

两个小姑娘麻利地爬上一棵茂密的榛子树，采了满满一篮榛子。她们在林间漫步，蓝色的风铃草随风摇摆，向她们频频点头。

"咱俩把篮子挂到树上，一起去采风铃草吧。"一个小姑娘提议。

"好呀！"另一个小姑娘欣然同意了。

就这样她们把篮子挂在树上，采花去了。

这时，一只小松鼠从树洞探出脑袋，看见篮子里装得满满的都是榛子……它觉得自己太走运啦！

小松鼠搬了好多次，终于把树洞填得满满登登。两个小姑娘采花回来了，发现树上的篮子早已空空如也……只剩下满地的榛子壳。

小姑娘们抬头一看，原来是小松鼠坐在树枝上，得意扬扬地抖着自己蓬松的红尾巴，咔哧咔哧地啃着榛子！

小姑娘们见状大笑起来："哎呀，原来是因为你这个小吃货！"

其他少先队员也走了过来，抬头看了看小松鼠，也开心地笑了，又将自己采的榛子分给了两个小姑娘一些，便一起开心地回家了。

　　大自然是孩子们童年最好的伙伴，让我们允许大自然偶尔的"恶作剧"吧！

礼 物

奥塞耶娃认识米沙、沃瓦和他们的妈妈。当他们的妈妈上班时，她就会过去看看这两个孩子。

"您好！"两个孩子总是异口同声地对奥塞耶娃喊道，"您给我们带了什么礼物啊？"

一次，奥塞耶娃忍不住问他们："为什么你们一见面就问我带了什么礼物？怎么不问问我冷不冷、累不累呀？"

"我无所谓啊，"米沙说，"那下回就按您想听的说。"

"我们无所谓啊。"沃瓦也跟着说。

今天，他们俩一见到奥塞耶娃就连忙说："您好！您冷不冷、累不累呀？给我们带了什么礼物呀？"

"我只给你们带了一个礼物。"

"三个人分一个礼物？"米沙惊讶地说道。

"是的，你们自己决定把它送给谁：是给米沙、沃瓦，还是妈妈。"

"快点儿拿出来吧！我来决定！"米沙说。

沃瓦噘起嘴，哼了一声，不乐意地瞥了一眼哥哥。

奥塞耶娃在包里翻啊翻，男孩儿们等得都有点不耐烦了。最后，奥塞耶娃终于从包里掏出一块干净的手帕。

"这就是给你们的礼物。"

"这……这是一块……手帕！"米沙结结巴巴地说，"谁会想要这样的礼物？"

"就是啊，谁想要它啊？"沃瓦跟着重复道。

"毕竟是一份礼物呀，决定一下吧，把它给谁？"

米沙摆了摆手说："谁要它啊？没人想要！把它给妈妈吧！"

"给妈妈吧！"沃瓦重复着哥哥的话。

礼物是心意，任何礼物都值得珍惜与尊重。

班级里

别佳刚一走进班级，同学们就立即把他围了起来。

"新来的，新来的！"他们喊道。

一位高个子男孩儿把同学们分开，走到这位新同学面前，伸出他那黝黑而结实的手，说道：

"咱们认识一下吧！我叫伊戈尔。"

别佳笑了一下，握了握伊戈尔的手，然后对大家说：

"我叫别佳·纳巴托夫。"

"纳巴托夫？太棒了！"

"这个姓真不错！"

"你能来我们这儿，太好啦！"

"我们班是最友爱的集体！"

"几乎所有人都学习很好，就布尼卡差一点儿！"大家互相插话，七嘴八舌地讨论起来。

伊戈尔眯起眼睛，胳膊肘倚着课桌，试探地问：

"那，纳巴托夫，你学习怎么样？"

同学们立刻安静下来，好奇地等着他回答。只见别佳耸了耸肩，笑着说：

"真是奇怪的问题！我当然是优等生了！"

"优等生？"伊戈尔高兴地拍了拍新同学的肩膀。

"伊戈尔，他坐哪里？"同学们问。

"坐到后面那桌，纳巴托夫！"伊戈尔说。

"为什么是后面那桌？"别佳不满地问道。

"你别生气呀。我们班有个规矩，最优秀的同学一般都坐班级后面，我自己就坐在那儿。而成绩差的同学就离老师近一点儿，这样老师能监督他们。"

"哦，好吧！我还不知道有这回事呢。"

同学们簇拥着把别佳领到他的课桌前，给他讲起学校里发生的各种新鲜事。

上课铃响后，老师安德烈·亚历山德罗维奇走进了班级。

"我们来了一位新同学！"老师说。

"一位优等生！"圆脸的布尼卡夸赞道。

"优等生？太好了。那你是怎么知道的呢？"安德烈·亚历山德罗维奇笑着问道。

"一眼就能看出来！"布尼卡笑着回应道。

"可惜啊，你一眼看不清自己。"老师开玩笑地说，并往新同学的座位看了一眼。

"新同学，你好！我们来认识一下吧。你姓什么？"

"别佳·纳巴托夫，"新同学抑扬顿挫地说，顺势理了理外衣和修剪过的黑色短发，"我之前在托木斯克上学。"

"好城市啊，"老师说，"有机会你可以和大家聊聊那儿。"

开始上课了。老师把同学们叫到黑板前回答问题，有几次他提问别佳，别佳都非常流利地答了出来。

"很好！非常好，纳巴托夫！"老师表扬道。

同学们兴奋地交换了下眼神，用手肘互相推了推对方。

布尼卡像陀螺似的在座位上晃来晃去，对同桌大声嘀咕：

"哇！真是个十足的优等生！可能，比伊戈尔还厉害！"

同桌维佳·沃尔科夫听完也不禁好奇地打量着这位新同学。他的头发理得很短，外套领子立得高高的，后背和肩膀都挺得笔直。

"真棒！"维佳心想，"什么都不怕，表现得又好。和这样的人打交道一定会很有意思！"

★ ★ ★

下课后，同学们都来到别佳面前，赞许地拍了拍他的肩膀。在更衣室里，维佳·沃尔科夫主动问道：

"你一会儿往哪个方向走？"

"往左走，怎么了？"

"你愿意的话，我们一起出去走走，我可以带你看看我们的莫斯科河。"

别佳欣然同意了。两个男孩儿在外面逛了两个小时，参观了纪念碑，也坐了地铁。逛累了，他们就停下，坐在滨河沿岸休息，久久地望着克里姆林宫的塔楼。

送别佳回家的路上，维佳提议，放学后可以多在莫斯科一起散散步。

"我们明天还去吗？"别佳说。

"明天不行。我明天要去同学家。他生病了，我们都轮流给他上课。一个人上三天，然后另一个人再上三天，明天就轮到我了。"

"哦，三天呢！好吧，那我等你上完课我们再去！"

"不，不行。一般去的话就得在那儿待一晚上。陪他做作业，和他下棋。还有班里的新鲜事要讲给他听！他一个人很无聊，但我们人多，就轮着来。"

"我不喜欢生病的人……"别佳皱起眉头。

"不，他是个挺好的小伙。我们都喜欢他！"维佳激动地说。

"好吧，那就是，三天后，你有空的时候，我们一起去博物馆吧。"

"好的，当然了！然后可以一起去电影院……"

就这样，两个男孩儿渐渐成了朋友。

维佳说："别佳你知道吗，我们班的同学当然不都是一样的……在性格或其他方面……但是，我们班氛围非常好，同学们斗志昂扬，对什么都感兴趣。谁听到什么都会分享给大家。有时候，我们也会争论，一个人认为是这样，另一个人又认为是那样……"

"那我们可以一起想个什么点子，"别佳开始想入非非，"然后在少先队大会上和大家讨论。"

别佳很乐意在班级里和同学们分享他知道的东西，也很擅长把自己看到的或者在书中读到的故事生动地讲述出来。渐渐地，别佳的课桌成了班级里最热闹的地方，同学们总是围着它。班长伊戈尔对此很高兴，但别佳在课堂上的行为却很让他头疼。当老师把一个同学叫到黑板前时，别佳就开始显得不耐烦，而当这个同学说错了的时候，他就笑得前仰后合，然后大声说："错了！不对！"并急着说出正确答案。

甚至老师安德烈·亚历山德罗维奇也给他提意见说：

"纳巴托夫，等一下。让他自己去想。"

站在黑板前的同学见状就开始紧张。他一回头看到别佳脸上的笑容，就彻底蒙了。有一次，这种事情发生之后，伊戈尔就走到别佳面前，友好地说道：

"你是优等生，这些对你来说很容易，但对其他人就很难。所以同学们回答问题的时候，不要打断他们。"

别佳感到很委屈，气愤地说：

"这怎么能说是打断呢？我没有打断任何人。如果一个人有不对的地方，谁都可以指出来。"

"不需要你提前指出来，因为如果一个人冷静地思考一会儿，他会自己答上来的，不需要你的帮助！"伊戈尔生气地说。

同学们不想和别佳争吵，但他们也不满地说道：

"这可不好，纳巴托夫！一个人在黑板前冥思苦想的时候，最讨厌有人打断他！本来他还能自己发现错误，安德烈·亚历山德罗维奇也不会计较，可结果是，别人先替他回答了。"

纳巴托夫耸了耸肩说："你们最好去复习功课，少对别人吹毛求疵！"说完，悻悻离开了。维佳也没有在更衣室等他一起回家。两个人都感到很不愉快。别佳坚信，班上的同学只是在嫉妒他。

维佳·沃尔科夫走在回家的路上，一直想着自己的这位小伙伴："别佳怎么就不明白呢？老插嘴抢答不好。而且他听不进别人对他说的话，好像每个人都在找他的碴儿！"

第二天，别佳在课堂上的表现还和以前一样。伊戈尔气得紧皱眉头，咬牙切齿。而维佳也对纳巴托夫的挑衅行为极为不满。上课时，他坐在别佳身后，看着他笔直的肩膀，更是气不打一处来：

"嗬，自命不凡！他哪是坐着啊，都快撅起屁股尾巴翘上天了。"

时间一天天过去了，纳巴托夫和维佳游览莫斯科的活动早已停止。虽然两个男孩儿都暗自后悔，但没有人愿意先开口。

"无所谓了！"维佳难过地想，"和谁一起去博物馆都行……唯一可惜的是，我把他当作朋友谈心，可他只是个爱出风头的人，仅此而已！"

后来，同学们的注意力渐渐从别佳转移到了布尼卡身上。有一次，当着全班同学的面，安德烈·亚历山德罗维奇严厉地训斥了他，因为他总是偷懒，作业做得马马虎虎。于是，老师对全班同学说：

"这学期四分之一的时间就要过去了。几乎所有落后的同学都赶上来了，但我没有看到布尼卡·普罗宁有任何想要追赶的意思。这就需要大家一起来帮他变得更好。"

同学们七嘴八舌地冲着布尼卡问道：

"你到底怎么想的？"

"你想让全班同学失望吗？"

……

和同学们商量后，维佳·沃尔科夫决定在下课后留下，辅导布尼卡写家庭作业。这样一来，维佳要做的事更多了，所以当轮到他去看望生病的同学时，伊戈尔就说让纳巴托夫替他去。

一天早上，沃尔科夫走到纳巴托夫跟前。别佳正坐在课桌前复习功课。

"今天你去沃洛佳家。"维佳对他说。

"去哪儿？"别佳头也不抬地问。

"去沃洛佳·斯维特洛夫家。你知道的，就是那个生病的同学。班长决定派你来替我，因为我现在得辅导布尼卡学习，反正很快就轮到你了。这样的话就是星期四、星期五和星期六三天，你可不要忘了。你要给他带作业和笔记，给他讲讲大家在课上做什么了……"

"我根本就不认识他！"别佳烦躁地答道。

"没关系。我把你的事都告诉他了。他真的想见见你，向你请教请教……"

别佳耸了耸肩，但还是问他要了地址。维佳立即从笔记本上撕下一张纸，写下街道名称和门牌号，然后离开了。

就在这一天，安德烈·亚历山德罗维奇点名提问了布尼卡。一时间，同学们都紧张起来。布尼卡站在黑板前，脸红得像灯笼一样，胆怯地看了一眼同学们——大家默默地用眼神和微笑来鼓励他；维佳也向他点了点头。只有别佳一个人无动于衷地坐着，把右手放在桌子上，盯着自己的指甲。

紧接着，老师问了一个问题。布尼卡答了出来。

安德烈·亚历山德罗维奇又问了另外一些问题。布尼卡又回答了出来。同学们见状高兴地对视了一眼。

"好，"安德烈·亚历山德罗维奇说，"拿起粉笔！"

他翻开课本，慢慢地听写了几个句子。

布尼卡用粉笔小心翼翼地在黑板上写着，隔一会儿就回头看一眼他的同学们。同学们欠起身，认真盯着他写的每一个字，并赞许地点头。

安德烈·亚历山德罗维奇看了看黑板。

"好，"待布尼卡在黑板上面写完最后一个字，他又说道，"太棒了！"

"不对！"这时，突然传来别佳的声音，"这种情况下否定词与名词是分开写的，但他把它们连一起了。"

"对的！对的！坚持住，布尼卡！"同学们大声反驳道。

但为时已晚。布尼卡匆忙擦掉了写好的字，在慌张中停了下来。

"他是分开写的！地方小，字母离得很近，但写的是对的！"伊戈尔喊道。

"对的呀！""对的！"全班同学七嘴八舌地帮忙解释道。

"安静，"安德烈·亚历山德罗维奇说，并把手放在布尼卡的肩膀上问道，"你为什么要擦掉这些字，你不是写对了吗？"他温柔地问，"还是说你不确定？"

"那是他被打断了！被打断了！"同学们喊道。

安德烈·亚历山德罗维奇皱起眉头，额头上露出一道深深的皱纹，并把目光转向别佳·纳巴托夫，对他说道：

"你发现错误了吗？纳巴托夫？"

"我以为普罗宁写错了呢。"别佳说。

"下次我请你不要着急，"老师不满地说，"而你，普罗宁，答题的时候应该自信点儿。"

下课后，同学们立刻冲出座位，把别佳围住：

"你是故意打断他的吗？"

"要和同学对着干？"

"他把字写得太密了，所以我以为他写错了。"别佳辩解道。

"嗬，你太着急了！还举起手喊：'不对，不对！'"

"我提醒过你，纳巴托夫，跟你好好说话，你却成心和我们作对！"伊戈尔愤怒地说。

"他不是我们的同学，他就是个爱出风头的人！"维佳推开同学们，一脸鄙视地说。

纳巴托夫脸色苍白，把书扔到课桌上，怒气冲冲地反问道："我不是你们的同学？我是个爱出风头的人？好吧！那我也不理你们了！你们不要来烦我，然后再说我爱出风头！而你，沃尔科夫，我不会原谅你，也不会去找你的同学了！喏！你自己去吧！"他从口袋里掏出那张写有地址的便条，扔到课桌上说，"给你！没有我，你们也行！"

顿时班级里鸦雀无声。别佳走了以后，有人小声说道："我们能行的……"

第二天，上课铃快响的时候，别佳才走进教室。他谁也没看，自顾自地坐到座位上。上课时，他就安静地坐在那儿，假装在忙着解题，可心里却不是滋味。与沃尔科夫的争吵尤其让他感到不快。但别佳并不想先道歉，他以为同学们自然会来找他。放学后，他听到伊戈尔、维佳还有其他同学商量着要去什么地方，便故意在更衣室里磨蹭了一会儿，假装在找帽子。但同学们聊得兴高采烈，临走时，伊戈尔干巴巴地对他说：

"我去了一趟图书馆，他们让我转告你到那儿去取书。"

"真了不起！"别佳生气地想，"跟我说话就像跟陌生人似的！我也绝对不会再和他和好了！"

又几天过去了。别佳来到班级，坐到自己的座位上，但同学们不再像以前那样围着他。班上大多数人都不知不觉地远离了别佳，不再对他感兴趣，有些人甚至毫不掩饰自己的敌意，一有机会就对别佳恶语相向：

"走吧，我们不需要你这样的人！"

或者大声说：

"这世上有些人就是自私鬼！什么都是为了自己！"

"怎么就不觉得难为情呢！"

别佳伤心极了。优异的成绩也没有让他高兴起来，生活变得索然无味。他发现，每个在黑板前回答出问题的人都会得到同学们友好的赞许，那个人也会神采奕奕地回到自己的座位。唯有别佳再也没有得到过任何人的赞许和同情。一次课间休息，同学们打算建一个冰雪城堡。别佳从城堡前来来回回地走过，并大声说：

"过夜需要浇水。"

"需要的话，我们就浇呗。"同学们冷漠地回应道。

★ ★ ★

新年就要到了。每个人都能心安理得地度过自己的假期。最差的学生仍然是布尼卡。

"他会让全班同学失望的，我了解他！必须找一个保姆看着他！"沃尔科夫和同学们说。

布尼卡沮丧地站在那儿，不好意思地一遍遍重复着：

"我只是需要点儿帮助……我会尽力的！"

"我们知道你是什么样的人！"同学们愤怒地回应道。

"我们可以帮助你，但你要戒掉依赖他人的毛病！同学们，咱们商量一下，谁来辅导布尼卡学习？"伊戈尔不高兴地问道。

同学们见状都沉默不语，因为每个人都有很多事要做。

"我倒是能帮他，"别佳看了一眼布尼卡，暗自想道，"不过，他会拒绝吧……而且同学们也不想……"

"这样也太不够意思了吧。"一个同学说道。

布尼卡听完低下头，叹了口气。别佳突然下定决心说道：

"我，同学们……"他的声音紧张地颤抖着，"要是你们愿意……你们同意的话……"

同学们默默地看向他，等他把话说完。

"我很乐意帮助布尼卡……"

"没有你，我们照样行。"其中一个同学拖长声音说。

其他人都沉默了。

此刻，别佳站在他们面前，眼里噙满了泪水。布尼卡用惊奇和同情的目光看着别佳。

"你们怎么回事啊？说话呀……也真是的……人站在这儿……"他望着同学们，无助地嘟哝道。

"怎么办，同学们？"伊戈尔一副冷漠的表情问道，"纳巴托夫说要提供帮助。"

"那就让他帮呗。"

"让他帮呗。和我们有什么关系！"

维佳·沃尔科夫眯起眼睛，轻蔑地打量着别佳。

别佳转过身，慢慢地走回自己的课桌前。

而同学们则不以为然地看向沃尔科夫。

"不打倒下的人，明白吗？"伊戈尔轻轻地对他说，然后又大声说，"纳巴托夫，你和布尼卡商量补习的事吧。"

★ ★ ★

接下来是一段非常艰难的日子。别佳和布尼卡每天都形影不离。同学们每每都会看到别佳耐心而有条理地给布尼卡解释着什么。

全班同学都对别佳的耐心感到惊讶，就连沃尔科夫也忍不住对大伙儿说：

"要换作是我，我都坚持不了！在辅导布尼卡的时候，别佳就像换了一个人！"

有一天，大家来到别佳面前问："怎么样？有进步吗？"

"有进步。"别佳说道，并尴尬地笑了笑。

作为当事人的布尼卡瘦了，胖嘟嘟的脸也变得没有血色，只有耳朵总紧张地发红。

知晓这一切后，安德烈·亚历山德罗维奇搓着手，暗自高兴。放学后，他总会来到少先队之家，和大家讲讲他的学生时代。有一天，他望着别佳说：

"学校会教你如何在团队中生活。"

★ ★ ★

终于，布尼卡很好地完成了测验。他在黑板前回答问题的时候非常从容，不再用眼神向同学们寻求帮助，思考的时候也不在手上转笔了。

现在反而是别佳引起了同学们的注意，他总是很焦虑。布尼卡站在黑板前回答问题时，别佳会一直盯着他，紧张地皱着眉头，默默地跟着动嘴唇。安德烈·亚历山德罗维奇见状也会不时瞥一眼这个男孩儿。同学们则在一旁窃窃私语。

一天在更衣室里，有人叫了别佳·纳巴托夫的名字。别佳闻声转过身，看到了维佳。

"你要往哪个方向走？"维佳装作不经意地问道。

别佳的脸唰地红了，他开心地回答道：

"你往哪儿走，我就往哪儿走……"

我们不仅要在学校里学习知识，还要学会如何在集体中快乐地生活。

新　生

　　那段时间我病了，整天在阳台上徘徊，打发时间。抬头望望，头上是蔚蓝的天空和流动的浮云，麻雀在褪色的秋叶间叽叽喳喳叫个不停；低头，几个孩子在楼下嬉笑玩耍……我没留心听他们说话，也没记住他们的长相和名字。

　　可是有一天，有个小姑娘引起了我的注意：她拎着个大袋子，从楼下一户人家走了出来，手里还数着被攥得皱巴巴的纸币，在我家阳台下停住了——她长长的睫毛和肉嘟嘟的小嘴最先映入我的眼帘，两只小辫子梳得整整齐齐。紧接着，我又看她抬起头，眼睛盯着某个地方，然后大声地开始列举她要买的东西：

　　"山菠菜……土豆……洋葱……"她一边看着手里皱巴巴的纸币，一边小声地喃喃自语，"也可以不买洋葱嘛……"

　　她正在纠结着，一个胖乎乎的小男孩儿不知从哪儿突然爬了出来，并递给她一个空瓶子。小姑娘一下子不知道该怎么办才好。"哎呀，奶奶……"她嘀咕道。

　　那个小男孩儿用圆圆的棕色大眼睛看着她说：

　　"给我买点牛奶吧……"

　　"哎呀……"小姑娘有点不知所措，回头喊道，"奶奶，把米沙抱回屋去呀！"

说完，她蹲下身来，从口袋里掏出一块干净的手帕，擦了擦小男孩儿的鼻子。

"我今天得买山菠菜……土豆……洋葱……"她一字一顿地说。

"再买点牛奶！"小男孩儿用肉乎乎的手臂搂住她的脖子，补充道。

"我给你买最新鲜最好的洋葱……"

"不要！我就要牛奶，牛奶……"小男孩儿抗议道，他皱着眉头，噘起嘴，委屈巴巴地看着小姑娘。

"奶奶，快把米沙带回屋！奶奶！"

这时，一位老奶奶推开楼下的窗子，探出身来。

"我的小祖宗呀，你是怎么跑出去的啊？"老人边说边伸出双臂。

小姑娘吃力地抱起弟弟，把他放回窗台边，把空瓶子还给奶奶就跑去买东西了。

不一会儿她就回来了。手里的袋子塞满了各种青菜，小小的身子东倒西歪，感觉都快拿不动了。可她一副心满意足的样子，双眼炯炯有神。

那位老奶奶趿拉着鞋，慢步走出来迎她。

"奶奶，你要的东西我都买了。那个阿姨特别善良，一直在问我怎么操持家务。我告诉她，妈妈生病了在住院，爸爸早就去世了……看我给米沙买了什么……"她从袋子里掏出一根红色小公鸡形的棒棒糖，"你得含着它！很甜，还是透明的！"

她咽了咽口水，开心地笑了。

"你也该给自己买一个啊。"老奶奶心疼地说。

"我不要，家里不是有饼干嘛！"

门砰的一声关上了，院子立刻安静下来。

到了傍晚，整个院子的小孩子们都聚到铺着沥青的小广场上玩耍。不知怎么回事，我开始分得清他们的声音、名字和长相了。那个买菜的小姑娘也在其中，她叫廖利娅，这会儿正和其他小女孩儿一起玩球、跳绳呢。她一边跳着，一边不时看一眼胖乎乎的小弟弟。他在大孩子周围晃来晃去。大家把小弟弟扛在肩上，搂在怀里，他一说话就逗得他们哈哈大笑。

"小熊！小熊！"

"爪爪熊！"

小男孩儿觉得没有意思了，就喊道：

"我要去找姐姐！"

廖利娅闻声立刻停了下来。

"来吧，到我这儿来……伙伴们，别用手碰他……他该害怕了。"她一边担心地说，一边理了理弟弟身上掉下来的围兜。

院子里的孩子们有不同的名字：鲍里亚、维佳、卡佳、廖沙，但有个叫阿纳托利的男孩儿引起了我的注意。他不叫托利亚，也不叫托尔卡，就叫阿纳托利！他戴着一条柔软光滑的红领巾，总是傍晚的时候过来，没一会儿，所有的孩子都围拢在他身边。他一来，不管是大孩子还是小孩子，都跟着欢呼雀跃。他会发起一些游戏，大声讲解规则，指挥那些孩子们。那天晚上，他坐在我家阳台下面的石台上说：

"小朋友们，向前走！按照大小个儿排成一排！快！"

小孩们推推搡搡，排成了一排。廖利娅排在第二个，而她的弟弟小米沙抓着别人的夹克，站到了最后。

"七岁的向前两步走！"

年龄稍大的孩子你看看我，我看看你，有点不知所措。阿纳托利又重复了一遍他的命令：

"马上要入学的，向我两步走！"

听到这句话后，七岁的小孩儿们纷纷把挡在前面的小不点儿推开，在阿纳托利面前郑重地排成一排。他们一共有六个人，其中就有廖利娅。她高高地昂着头，双眼炯炯有神，两根翘起来的小辫子扎着蝴蝶结。我开始端详起阿纳托利来。他大概有十二岁，但看上去比自己的实际年龄要成熟，可能是因为他额头上总坠着一绺浓密的鬈发，抑或是哪怕笑的时候，他那深邃的黑眸里也总是要透出几分严肃来。这会儿，他走到那几位要入学的孩子们面前语重心长地说：

"伸出你们的手。你们的手都很脏啊……学校怎么会让手这么脏的人上学呢！"

"我们会洗的！"

"不是洗一下就行，要搓干净。下个星期你们就要去上学了！衣服也要干净整洁，把鼻子擦干净，让你们的妈妈买个新书包或者公文包……"

"已经买好啦！"一个小女孩儿兴高采烈地说道。

即将入学的孩子们一个个都很兴奋。

"还有我！我的铅笔盒是蓝色的！还有好多种颜色的铅笔！"

"爸爸妈妈给我买了公文包！还有笔记本！"

"我妈妈给我买了钢笔、铅笔和一顶新帽子！"

我看了一眼廖利娅。她一言不发，脸上浮现出那会儿在楼下数钱时一样的表情……

她的笑容渐渐从脸上消失，整个人一下就蔫儿了。她不知所措地环顾四周，畏缩在小朋友们身后。我仿佛听到了她那惶恐而剧烈的心跳声。

"明天！"阿纳托利说道，"我们来排练！所有人都要穿干净的衣服，双手洗干净，绝对要干净！"

"绝对"这个词，显然给阿纳托利带来极大的满足感，可却吓坏了小孩子们。

"绝对干净！"他们低声重复道。

队伍散开了，孩子们围在阿纳托利身边问："明天能带入学礼物吗？可以带上书包吗？"

听到肯定的答复，孩子们都开心得手舞足蹈。

"明天，明天！所有人都带上礼物！"

此时，廖利娅却悄悄不见了人影……

第二天早上，我听到外面轻轻的脚步声。是廖利娅买完东西回来了——她手里拎着那天的袋子，里面装着面包、牛奶和一个白色椭圆形的东西。

过了一会儿，她和弟弟从屋里走了出来。廖利娅手里拿着一杯牛奶，让弟弟坐在草地上，小声地对他说：

"我明天给你买糖……好吗？小米沙，好吗？"

小男孩儿使劲儿地摇了摇头，向她噘起湿嘟嘟的小嘴说：

"昨天说今天买，今天还说明天买，我现在就想要……"

晚上，"新生入学仪式"如期举行。阿纳托利一副指挥官模样，在新生面前踱着步子。我注意到他的红领巾是仔细熨过的，胸前还挂着几枚徽章。新生们穿得板板正正，一个个面色红润，神采奕奕，手里拿着入学礼物纹丝不动地站在队伍里。廖利娅也穿了一身新的格子裙，把一个白色椭圆形的东西紧握在胸前。阿纳托利把新生们一个个叫上前来，检查他们的笔记本、铅笔和公文包……

"有这么好的礼物，小兄弟，你一定要做一个优等生啊！

"你的笔记本可真干净啊，全新的！看看，一个污渍都没有！

"这是什么？颜料吗？我自己都没有这样的颜料！还有公文包呢！"

检查完毕后，小男孩儿高高兴兴地回到队伍里。阿纳托利的夸奖让每件东西都变得弥足珍贵。

"别说七岁了，哪怕是四十岁！成年人也好，小学生也罢，都要学习！我会在你们学校门口敲鼓欢送你们上学！"

孩子们听后都很激动。

检查仍在继续，阿纳托利从廖利娅手中拿过铅笔盒：

"这就是那种铅笔盒嘛！"

他偷偷看了眼女孩儿垂着的双手，她手里除了铅笔盒，没有别的东西了……

"这就是那种铅笔盒嘛！还带盖子的呢！你会是个优等生的！一定会的！"

随后，他看了看其他人入学礼物上的落款，上面写着："爸爸送""姨妈送""哥哥送""妈妈送"……唯独廖利娅的礼物上写着："廖利娅·科洛斯科娃送——廖利娅留念"。

阿纳托利突然顿了一下，挑了下眉毛说：

"什么情况？"他说着把铅笔盒敞开，忍不住大笑起来，"你不就叫廖利娅·科洛斯科娃嘛！你自己送自己呀！"

廖利娅的脸唰地一下红了，她一把抢过铅笔盒就往家走去……孩子们都笑了，可她却哭了。一开始，她还走得很慢，到后来就奔跑起来。阿纳托利想要追上她，可在楼道门口时她就消失了。

"阿纳托利！"我喊道。

他抬起头，往我家阳台这边走了过来。他有点纳闷儿，因为以前从未见过我。

"没有亲人能送她礼物，你懂我的意思吗？"

听我说完后，他用手摸了摸脸颊，惭愧又难过。紧接着，他理了理额头上的那绺头发，说道：

"我会想办法弥补的！我之前不知道这回事！"

第二天傍晚，我听到门外传来阿纳托利的声音。他是来找我商量事情的。他在我身边坐下，从口袋里掏出一小包东西，小心翼翼地把一条蓝丝边的小手帕和一条红丝带在膝盖上展开铺平。

"这是我姐姐选的……"

送这两样东西我都表示赞同。阿纳托利小心又笨拙地摆弄着手中的礼物——丝带被他缠在手指上了，手帕从膝盖滑落下来掉到地上，这让他很不高兴。他吹了吹手帕，甩了甩后又把它卷成卷儿，揣进口袋里。他叹了口气，若有所思地说：

"可惜，没有公文包啊。"

于是，我连忙把我的公文包拿给他看。

"但是这儿的锁坏了。"

"我会修！"他一副行家的模样，拿起公文包，从口袋里掏出一把小刀，把包上的锁抠下，包的里衬也被他翻了出来。他信心满满地对我说明天就能修好。看着锁上的缺口和掏出来的里衬，我实在有些怀疑。

我就这样乐此不疲地看着阿纳托利修锁——他用两个手指抵在下唇，像个大人似的皱着眉头思考，有时候，一边修，还一边吹着口哨。额头上的那绺头发掉落下来，挡住了他的眼睛……后来，他心满意足地离开了……第二天，他又来我这儿待了一会儿，这次他带来一个闪闪发亮的、我完全认不出来的公文包。阿纳托利一边弹着包的新锁让我听，一边对我解释说在皮革上涂了什么神秘的物质，才让它变得锃亮。

"真的……那个东西还粘到我的手上，那股味道呀……"

过了一会儿，阿纳托利把手帕和丝带放进公文包里就走了。

到了晚上，我倚靠在栏杆上，目不转睛地盯着廖利娅。她站在队伍里，手里拿着自己的铅笔盒。

这时，阿纳托利举起一个公文包对大家说：

"伙伴们！有人让我把这个公文包交给一个帮助奶奶、照顾弟弟的小女孩儿，她的名字是廖利娅·科洛斯科娃，有这个人吗？"

廖利娅听后一时间很纳闷，羞得面红耳赤……

"她在！她在！"小伙伴们喊道，"她在这儿！"

队伍一下子聚拢起来，还在原地纳闷的廖利娅被推到队伍中间。

阿纳托利郑重地把公文包递给了她。小朋友们见状纷纷鼓起了掌。

这群孩子没过一会儿又敲起鼓来，震耳欲聋的奏乐声、歌声响成一片。廖利娅走在其他新生中间，泰然自若，神采奕奕。

在力所能及的范围内帮助他人，是成长中最快乐的事情。

老奶奶而已

　　一个小男孩儿和一个小女孩儿走在大街上。他们前头是一位老奶奶。路面很滑，老奶奶一不小心摔倒了。

　　"帮我拿着书！"小男孩儿喊了一声，便把书包递给小女孩儿，跑过去扶老奶奶。他回来后，小女孩儿问道：

　　"她是你奶奶吗？"

　　"不是。"小男孩儿回答。

　　"妈妈？"

　　"也不是！"

　　"那是你姨妈，还是什么熟人？"

　　"都不是！"小男孩儿回答道，"只是一位不认识的老奶奶而已。"

　　陌生人给予的小小善意最是纯粹、温暖，我们的世界也会因此变得更加美好。

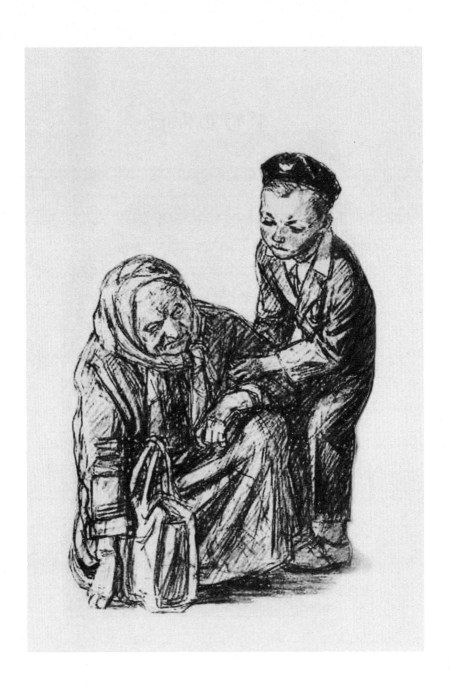

篝火旁

　　一次郊游，几个孩子走得很远，于是他们干脆决定不回营地，就在森林里过夜。夜幕降临，他们点燃篝火，烤起土豆。火焰投射出神秘的光芒，映照在灌木和树林上。几个孩子的眼睛渐渐习惯了这种光亮，再看周围的树林、山坡上的灌木、爬满青蕨的树墩，只觉得黑乎乎一片。唯有火堆周围的小小金色光圈，也就是他们围坐取暖的地方，舒适又温暖。

　　吃过美味可口、热乎乎的烤土豆，几个孩子方才暖和过来。藏在心底的秘密不自觉地浮现在他们心头，忍不住想与大家一起分享。

　　"我那时候还很小，很调皮！"瓦季姆笑了笑说，"那时候奶奶一准备削土豆皮，我就拿起小刀，三下五除二，削出一个土豆人，用火柴做它的手和脚。然后奶奶就会跑过来喊：'哎呀，哎呀！……'"他哈哈大笑一阵后，又突然停下来，难过地说，"我老是惹奶奶生气……"

　　小伙伴们一脸疑惑，十分不解。

　　"你啊你！"科斯佳哼了一声，"刚才还在说自己的恶作剧呢，这会儿又觉得对不起了……你这是闹哪出啊？"

瓦季姆拨弄着木炭，抬起头，神色黯淡地看了一眼大家说：

"没闹哪出啊。我有个习惯，就是总和奶奶顶嘴。我最爱的就是她，可我对她却最不好。为什么会这样……我也不知道……"

"不，你知道！"突然，黑暗中传出队长格里沙的声音。他坐在离火堆稍远一点的地方，倚着一棵树说，"你知道的，瓦季姆，你就是不愿意承认。"格里沙重复道。

瓦季姆扑闪着黑亮亮的眼睛，转头对格里沙说：

"你是觉得我没有意志力，克制不住自己？"

格里沙耸了耸肩说：

"不，我不是这个意思。你很坚强，也有意志力。你能克制自己。你奶奶并没有讨厌到让你克制不住自己。不，不是这么回事……"

"那是怎么回事？"有几个声音小声问道。

"是瓦季姆自己不想克制自己，仗着奶奶爱他就任性。爱就意味着原谅，不去抱怨。"格里沙慢条斯理地说。

伙伴们看了一眼瓦季姆。他双手抱着膝盖，望着篝火，一言不发。

"格里沙，我们可能都是这样的。要么就是比这更糟……每个人，坦白地讲，都会有不好的一面。"科斯佳耐心地说，"就比如，我来说说我吧……我在学校同学们面前是一副样子，而在家里又是另一副样子。在学校的时候我很开朗，一切都很好。可我一回家，就不知道为什么生闷气，就……总是找我妹妹的碴儿。总之，我也会任性……"科斯佳不好意思地笑了，"真的！"

"这样可不好。"其中一个孩子说。

"在同学们面前展示自己的本性没什么可怕的，反正我们大家总会揭穿你，这你就放心吧！"一个身穿格子衬衫、胸前挂着徽章的男孩儿摇头晃脑地说。

"我觉得呢……"萨沙往火堆这边挪了挪说，"要时不时反省自己：我是谁？我想成为什么样的人？有一次，我就是太任性了，连我都厌恶自己……"说完，他随口吐出嚼烂的草叶，看着小伙伴们认真的脸说，"谁在笑呢……别笑了。谁都会有这种感觉……"

孩子们互相看了看。

"没人在笑啊……你怎么回事？"

"说话啊……"

"说话啊，萨沙！"有人低声说。

"说什么呢？一切都是从那次不及格开始的，"萨沙皱着眉头说，"有一次，算术课考试我没及格。嗯……我就很不开心，当然也觉得很尴尬。我回家的时候就在想：今天先不说，因为今天对我来说已经很糟了，明天再说吧。第二天，我的语文得了满分，我又想，怎么能把好事和坏事混在一起说呢？那后天再说吧。于是，日复一日，我就永远只说好事，不好的一句都不说。我开始隐瞒事实，然后不得不再撒个谎圆过来。我不仅在家里和父母撒谎，也对同学们撒谎。有一次，我躺在床上就想：我怎么变得心口不一了呢？我为什么会讨厌起这世上的一切，连自己也觉得讨厌了呢？"

萨沙抬起头，看了看伙伴们。

"所以呢？"科斯佳不耐烦地问。

"够了！"萨沙打断了他的话，"到此为止了！从今往后我就只说实话！是什么就是什么！什么都不隐瞒，无论到哪儿都不撒谎，光明正大，坦坦荡荡！"

此刻，四下里一片寂静。孩子们陷入了沉思。有人把干树枝扔进火堆里。火又旺了起来，把他们的小脸照得通亮。

"我呢，同学们……"季马有点激动地说，"我也有缺点……"

孩子们向两边挪了挪。季马侧身挤了进来，小脸红扑扑的，支支吾吾地不知如何开口。

最后，他无奈地笑了笑说：

"可能，我就是个胆小鬼，同学们，虽然难以启齿……但既然大家都在讲自己真实的一面，那我也想说说。"

"好啊，说吧！"

"说完你心里就能感觉好受一点儿！"伙伴们安慰他说。

"说吧。这儿也没有外人……说不定，我们能帮你改过来呢。"格里沙说着，往火堆跟前挪了挪。

"我害怕森林，"季马说，"就是害怕。怎么也没法克服。说什么我也不会一个人进入森林！我之前试过一次，有天晚上我走出帐篷，看左右都是树林……一棵棵大树黑乎乎的，灌木丛也黑乎乎的，好像有个野兽躲在后面，把枯树枝弄得沙沙作响。我站在那儿就想：我要一个人去那儿吗？不，打死都不去！我害怕……"

"你害怕什么呢？怕人还是野兽啊？"

季马耸了耸肩说：

"不是人，怎么会怕人呢？当然是野兽啊，我害怕毒蛇，呃，也害怕迷路……"

"这样啊……"一个孩子应和道。

"你可真奇怪……"瓦季姆说，"大家都喜欢森林，你却害怕它！白天你也害怕吗？"

"不，白天就好多了。白天什么都能看见。"

"那，如果你试试克服这种恐惧呢？就像萨沙一样：当他意识到自己的缺点没什么好处的时候，就克服了它！你也试试吧。自己主宰自己，勇敢地往森林里走，你就会发现没有什么好怕的。"格里沙说。

"当然了，季马！你就告诉自己：我什么都不怕！去吧！森林就在那儿！"伙伴们七嘴八舌地说道。

季马回头看了看森林，深深地吸了口气。

"要不然，第一次我先和他一起去怎么样？"科斯佳提议道。

"不行！不能有人陪着！"

"不用考虑那么久！大胆去就完了！"

格里沙突然站起身，从草地上摸出一个空桶，递给季马说：

"听我说！山下有一条小溪，咱们今天去那儿了……你现在去给桶打满水，明白了吗？"

季马犹犹豫豫地拿起水桶。

"去吧，去吧，季马！咱们这么多人呢！万一有什么情况，我们会来帮助你的！"伙伴们鼓励着季马。

"去吧，"瓦季姆拍了拍他的肩膀，友好地说，"什么都别害怕！"

季马起身走进森林。孩子们默默地看着他走下山坡，水桶发出的奇妙金属声渐行渐远。直到他的身影在黑暗中消失不见，大家七嘴八舌地议论起来：

"他去了！"

"这太棒了！"

"第一次就要下定决心！这很重要。"

"同学们，他可真有意志力！"

"都小点声！他喊我们了吗？"瓦季姆问道，他出神地听着周围的动静。

"没叫啊，他为什么要叫我们？"

时间过得很慢。孩子们沉默了一会儿，随后又聊了几句，但字里行间都透露着隐隐的不安。

"他怎么去这么久啊！"科斯佳望着远处的黑暗说。

"可能他舀了满满一桶水，抬上坡很吃力？"有人猜测。

"别着急，"格里沙边起身边说道，"我去看看怎么回事。"

"小点声！"瓦季姆突然喊道。他顿了一下，举起手。

突然，一声凄凉的喊叫刺破了夜晚的宁静。

孩子们猛地站了起来，争先恐后地跑进漆黑的森林。

格里沙小心翼翼地抓着两旁的灌木树枝冲下来，最先来到小溪旁。瓦季姆则几乎是连滑带滚地从山坡上跑下来。其他小伙伴也都紧跟在他们后头。山下的小溪潺潺流淌，岸边只横放着一个空桶，不见了季马的踪影。

"季马，哎——！季——马——！"大家焦急地呼喊着。

"马——马——"空荡的山谷里传来孩子们的回音，像是大自然和他们开的玩笑。随后又传来一阵尖细的叫声，那是季马的声音：

"在这儿！我在这儿！"

孩子们折断树枝，踢开脚下的荨麻，奔向发出声音的地方。

声音来自深谷。季马正陷在谷底的沼泽里。他旁边有一个又大又黑的东西，像一只野兽。

"同学们！到这儿来！有一只小马驹陷到沼泽里了！我没办法把它救出来！"季马喊道。

"咳——咳——咳！"小马驹可怜地嘶鸣着，努力想把自己的腿从泥里拔出来。

季马把裤子卷到膝盖以上，两手搂着小马驹的脖子，正拼命地把它往岸边拖。

孩子们见状纷纷脱掉鞋子爬进峡谷。

★ ★ ★

忙活了一阵子后，孩子们在河边洗了洗脚，也涮了涮小马驹的蹄子。季马抚摸着它厚厚的鬃毛，兴奋地说道：

"我来到小溪边……正准备舀水，就听到有什么在叫！我以为是哪个在峡谷里迷路的孩子，就扔了桶赶紧跑了过去。可到了那儿才发现，不是小孩子，是一匹小马。它陷进泥里，出不来了！"他用手摸了摸小马驹竖起的耳朵，接着说道，"这儿附近有个集体农庄，应该是夜间牧马的工夫，它和妈妈走丢了，陷进了沼泽里。"

孩子们微笑着看向季马。

"季马，你怎么去了峡谷？你可是连小溪边都不敢去啊！"科斯佳问道。

"那是……另一回事，"瓦季姆抢先答道，"他跑进峡谷是去帮忙的，那时候就不害怕了……"

"不，我害怕，"季马笑着摇了摇头说，"恐惧多少还是有一些！可我咬牙下定决心，不管发生什么事，也不能对别人的危险置之不理呀！怎么跟你们说呢，我的那种恐惧吧……"季马摊开手，想找到合适的词。

"你已经克服了！"格里沙平静地说完了季马想要说的话。

有时候，我们心中的恐惧会因挽救他人远离不幸的勇气而瞬间消散。

父亲的夹克

　　父亲有件带兜的黑色天鹅绒夹克，银色的圆纽扣在深色细纹的映衬下闪闪发亮。这件夹克完美地贴合父亲的身形，突显出他匀称的线条和宽阔的肩膀。

　　"爸爸，爸爸！把这件夹克给我穿吧。你看，你都老了，穿它已经不合适了。"列尼卡拽了拽自己的短夹克，理了理凌乱的头发，羡慕地说道。

　　"我确实是老了，可你还太小。"父亲打趣道。

　　列尼卡的确还很小。他才上小学四年级，却是家里的老大。他成天和邻居家的根尼卡一起玩儿。根尼卡一年前就已经七年级毕业了，在村里的消防队工作。可村里并没发生过火灾，甚至连烟都没冒出来过。战争来时，大家都忙着在收割庄稼。一天，列尼卡的父亲回来得很晚，他打着手电筒在院子里忙活了半天，一脸忧虑地看着儿子，说道：

　　"你啊，小伙子，得挑起家里的大梁啊。我说不上哪天就得去前线，到时候你就是顶梁柱了！"

　　"啊，顶梁柱！"列尼卡笑了一下，"那我得像个顶梁柱的样儿，可我只是敲了一下科利卡的后脑勺，他就跑去向妈妈告状了。"

"那你就别敲。顶梁柱要用脑子，不要老是动手！你看，我有总敲你的后脑勺吗？"

★ ★ ★

送父亲走那天，家里乱作一团。母亲像丢了魂儿一样忙忙叨叨，做饭、烤面包，又一股脑儿地把所有东西塞到箱子里。父亲把它们掏出来，递给母亲说：

"收起来吧，我又不是去做客。"

看到母亲手里的那件天鹅绒夹克，父亲对列尼卡笑了，温柔地说：

"穿上吧，顶梁柱！"

列尼卡不好意思地脸红了。

"给他干吗！"母亲责怪地说，"他还没到穿这个的时候呢！"

"总会长大的，"父亲轻轻拍了下母亲的肩膀，坚定地说，"你会有个好帮手的！"

父亲整理好箱子，环顾小屋四周，坐到长凳上说："按照俄罗斯的习俗，上路前咱们要静坐一会儿。"

母亲赶紧让孩子们坐下，自己抱着三岁的纽尔卡坐在一旁。一家人静静地坐着。列尼卡看着父亲，喉咙不由得一紧。

"以后我们自己可怎么过啊？"他突然意识到，父亲真的要去很远的地方了，不知道什么时候才能回来。

★ ★ ★

大家把父亲送到村口告别。父亲放下纽尔卡，亲了又亲母亲的脸颊。

"有时候，我总惹你生气，对不住了……"

母亲强忍住泪水，向他深深鞠了一躬说：

"为我们所经历和拥有的一切，谢谢你，帕维尔·斯捷潘诺维奇！"

邻居们搀着母亲，列尼卡听到哀泣和哽咽声此起彼伏。

父亲的脸微微颤抖，他挥了挥手，掏出一块叠好的手帕，擦了擦额头和脸颊，把列尼卡叫到跟前来，说道：

"送我到维塞洛夫卡吧。"

说完，两人便默默走在路上。

列尼卡披着父亲的夹克，甩着长长的袖子，不时转过头望向父亲。可父亲像有什么心事，时不时重重地叹口气。

"你看，妈妈一共养你们五个人……"他停下来，不知要怎么对儿子开口。

"你申请作机枪手吧。要是有什么情况的话，能干掉一百个敌人。"列尼卡忧心忡忡地说。

"到了就知道该干什么了……"父亲心不在焉地回答。

列尼卡惊恐地看着他那慈祥的脸。

"要是你去拼刺刀的话……"他小声说着，突然停下来，睁大眼睛看着父亲。

"好了，好了。"父亲温柔地笑了笑。

列尼卡搂住他的脖子说：

"爸爸，你要回来啊！活着回来！"

父亲温暖的大手托起儿子的头，望着他的眼睛说：

"照顾好妈妈。"

细密的雨点淅淅沥沥，洒在泥泞的林间小道上。秋天的灌木丛光秃秃的，叶子一片片飘落在泥坑里。

父亲紧紧牵着儿子的手。

"把稻草搬进来，不然雨水会把它们浇透的……得准备好过冬的木柴了……"

父亲停下来，把他的小手握得更紧了。

"听到了吗，列尼卡？"

"听到了，爸爸！"

★ ★ ★

列尼卡的生活开始和从前大不相同了。走了一个人，他的家就变得无依无靠。餐桌空出来一个座位，不再能听到父亲沉重的脚步声，也听不到院子里女主人的声音。母亲苍老了，更瘦了，她摘下家里漂亮的窗帘，把精美的桌布也收了起来。有时，她会一脸疲惫地冲孩子们叫嚷，一想到父亲便坐在板凳上轻声啜泣：

"我最亲爱的走了，我的爱人离开了……"

列尼卡见状便坐到她身边，搂着她的脖子笨拙地安慰道：

"好了好了……你说吧，妈妈，我能做点什么呢？打水还是劈柴？"

列尼卡没再穿父亲的夹克。他把夹克叠得整整齐齐，然后递给母亲，用和父亲一样的口气说道：

"收起来吧，我又不是去做客。"

他开始有很多活儿要做。早上，匆匆忙忙赶去上学的时候，他会像管家似的扫一眼院子。

"把稻草搬进来，不然会被雨水浇透的。"父亲交代过。

只是，这一次稻草还没被搬进来，就已经被院里的牲畜踩进泥里。

"科利卡！"列尼卡对弟弟喊道，"先一点点儿搬稻草！我回来的时候再把这些干完。"

科利卡懒洋洋地挠了挠后脑勺。

"我跟谁说话呢？"列尼卡使劲拍了下门，大声喊道。

上课时，列尼卡也心不在焉，不耐烦地盼着下课。雨点敲打着窗户，他的思绪便飘到农活儿上来：

"得爬到阁楼上去瞧一眼，看看屋顶有没有漏水……"

塔季扬娜·安德烈耶夫娜把他叫到黑板前提问。列尼卡挠了挠头，怎么也想不出问题的答案。

"没学会吗？"老师温柔地问道。

"学会了，"他沮丧地回答，"不过看来又忘了。"

放学后，列尼卡在院子里一直忙活到晚上：搬稻草，爬阁楼。只听咔嚓一声，他扔掉几块木板，又拿着斧头爬上窝棚顶。

母亲闻声赶来："我的老天爷！你这是在拆窝棚啊！你在干什么？你弄完谁来修啊？"

"我自己修！看看，木板都烂了……得换新的了。"列尼卡嘟囔着。

"你给我听着，赶快下来！天晓得你弄破多少条裤子了！"

列尼卡生气地把斧头扔在地上，把木板放好，走进小屋。

"她肯定不会这样对爸爸喊的……"列尼卡心想。

这会儿，他又生怕小猪从窝棚里蹿出来，想着把里面的洞堵上，可他只能默默地嘟囔几句，妈妈便责备他管不该管的事。

"你就光顾着小猪，院子都快让你弄塌了！"

列尼卡功课做得也不好了。夜晚，他被家务活儿累得筋疲力尽，便趴在打开的书本上睡着了。他梦见院子焕然一新，大门刚刚被粉刷过，而家里的老大——列尼卡，正站在那儿迎接归来的爸爸。

可在学校里，塔季扬娜·安德烈耶夫娜拿着他的作业本，紧皱眉，看着他的眼睛质问道：

"你是在偷懒吗？你不觉得羞愧吗，列尼卡？"

甜脆的花楸果在嘴里被咬得咔咔作响，地面结了一层冰，灌木伸展着光秃秃的枝条。夜里下了雪，整个村子瞬间披上银装，散发着浓郁的节日气息。列尼卡的心情也同过节一样。他刚从邮局回来，怀里揣着父亲寄来的第一封信。他迫不及待地想要回家和母亲一起分享。

突然，邻居根尼卡从街角蹿出来，掏出一条长长的东西，神秘兮兮地说：

"我搞到一把枪，要去打兔子。"

"兔子？"列尼卡嘲笑道，"现在哪里还有兔子。"

"怎么没有？"根尼卡低下头，冲着他耳朵悄声说道，"哪儿都有兔子！"

"你要兔子做什么？"列尼卡惊讶地问道。

"做什么？吃肉，做兔皮帽子呗！"

"帽子？"列尼卡回想起，父亲之前为了给孩子们做帽子，也打算去打兔子。

"嗯，帽子！"根尼卡高兴地说，"是只兔子就能做帽子！你去吗？"

"你这家伙……"列尼卡笑了笑。"我是没事做了吗？看，我收到了爸爸寄的信！"他得意地摸了摸信封。

★ ★ ★

父亲在信里像称呼大人一样称呼他，叫他顶梁柱。列尼卡一边读信，一边点头补充一句："好吧！"

父亲信任他，把整个家托付给他，这让列尼卡很欣慰。在信里，父亲还描述了他参加的几场战役，也让列尼卡的自豪之感油然而生。

"我们将战斗到最后一刻。"父亲写道。

"没错！"列尼卡握紧拳头回应。

母亲叫所有孩子围在身边，听列尼卡读信。父亲在信中关心每个人，管纽尔卡叫安娜·帕夫洛夫娜。安娜·帕夫洛夫娜才三岁。一听到这个称呼，纽尔卡便抿着胖嘟嘟的小嘴嘿嘿笑了，拽着母亲的裙摆，望向她。

家里还有一对双胞胎女孩儿，大家都叫她们"曼卡和坦卡"。这对双胞胎生得白皙可爱，两个小娃娃无论走到哪儿都手牵着手，用一个碗吃饭，在一张床上玩，总是小声商量着什么。她们也总是一起哭、一起笑，一旦其中一个稍微呜咽一声、嘴巴抽搐一下，另一个也会瞪大眼睛跟着大哭。

她们可以一连几个小时瞪着对方嗷嗷大哭，声音响彻整间屋子。这会儿，她们正目不转睛地看着母亲，仿佛在等一个信号，好让她们的号叫友好地加入母亲难过的哭诉中。八岁的科利卡，比列尼卡稍微小一点儿的弟弟，一听到信里提到自己的名字，蓝蓝的大眼睛有点不好意思地向四周瞥了瞥。

"又要哭……"列尼卡嘲笑他说，"就会哭鼻子。"

近来，科利卡总把交给他的活儿做得拖拖拉拉，列尼卡对此很是不满。母亲一边听他念信，一边掉眼泪，双胞胎姐妹的哭声也跟着此起彼伏。这信因此读得断断续续，列尼卡只好将两个妹妹抱在膝上，颠着脚逗她们：

"嘟嘟嘟！火车来了！"

双胞胎姐妹高兴地坐在哥哥腿上，额头撞到一起，根本顾不上哭了。玩了几次以后，列尼卡再把她们放下来，接着读信。读完之后，他满怀心事地在屋子里走了好久，并意识到要立刻、马上有一副顶梁柱的样子。

"像个钟摆一样晃来晃去的，你到底要干什么呀，我的老天爷呀！"母亲生气地说道。

"钟摆，钟摆！"列尼卡嘟囔着，从板凳下拉出一个旧箱子，里面的破毡靴堆满了灰尘，"已经入冬了！得准备准备。"

"我知道入冬了，"母亲叹了口气，挨个抻了抻那些皱巴巴的鞋，"你爸爸老早之前买的，根本就不够给你们穿的啊！"

列尼卡拿出麻线绳，想要补一补那些破了的毡靴，可手法又极其笨拙。

"科利卡没有帽子……去年的已经破了。他戴什么呀？"母亲思索着。

"咱们得给他弄顶帽子！"列尼卡爬到炉炕上。他双手抱膝，一筹莫展，在那儿坐了好久。

"是只兔子就能做帽子，"他想起根尼卡的话，"得去打兔子。"他用手掌揾着疲惫的双眼，暗自下定决心。

★ ★ ★

下课以后，塔季扬娜·安德烈耶夫娜走到列尼卡面前，对他说道：

"午饭后，你来我家一趟。"

可列尼卡并不想去。上周，他费了好大劲才把装满工具的沉箱子从窝棚里拖出来，挑了几块差不多的木板，磨好了斧头。他这么做是因为父亲在信中对母亲说道："战争要结束了……大家会回来的。你和我，还有列尼卡，我们坐着拖拉机，穿过农庄的出地，经过我们家门口……"

列尼卡想象着父亲穿着军装，傲然端坐在拖拉机上，关切地打量着自己家的大门……可大门的木板长时间被雨水浸泡，已经发黑变形，中间还露了一个窟窿……

"怎么能让父亲从这样的大门旁开过！可得修一修

了……"列尼卡想着,便跑去挑木板。已经有好几天了,木板就这么散放在院子中间,斧头和刨子被扔在一旁,钉子也被雨水打湿了。

母亲一见到院子里的工具箱和乱放的木板,便对列尼卡气不打一处来:

"没良心的!还让不让人活了!天天净没事找事!一点儿也不让人省心!"

列尼卡没说话,也没停下来。他还去找铁匠请教,拿着斧头和钉子忙来忙去,把木屑弄得满院子都是。

所以,今天他不想停下手头的活计,而且也害怕去找塔季扬娜·安德烈耶夫娜,因为他知道自己学得不怎么样,但也没有别的办法。

坐在老师家里熟悉的沙发上,列尼卡如坐针毡,桌子上堆积如山的作业本也让他莫名感到恐慌。他瞥见镜子里自己的模样,吓了一跳,赶紧往手上吐口唾沫,整理一下凌乱的头发和夹克,然后转过头来,听塔季扬娜·安德烈耶夫娜和她母亲在厨房里的对话。

老师的声音很温柔,对列尼卡的问候也没有表露出任何要批评他的迹象。她说:

"你好,列尼卡。坐一会儿吧。"

可不安还是笼罩着列尼卡,他双手紧握着帽子,感到浑身不自在,呼吸甚至变得有点困难。

去年,老师和父亲也在这个房间里喝过茶。当听到塔季扬娜·安德烈耶夫娜对列尼卡的夸奖时,父亲小心翼翼地把茶杯放在茶碟上,神情很严肃,列尼卡甚至觉得这有点好笑。那时，他盯着墙角边的绿梯子，上面摆满了花盆，便想象着如果他突然失足打碎了所有的花盆，或者在光滑的、刚刷过的地板上摔倒了，再或者一下没坐到椅子上会是怎样的情景。

可现在列尼卡什么都没想，他一个人坐在那儿，甚至庆幸父亲没在身边，因为这次老师也没什么可夸奖他的。

塔季扬娜·安德烈耶夫娜用毛巾擦干湿漉漉的手，坐回椅子上，温柔地说道：

"来说说吧，你们现在过得怎么样？父亲不在，你们怎么应对呢？"

老师的表情很平静，一侧脸颊上有个酒窝。老师生气的时候，酒窝就会消失，表情变得不耐烦，声音也会变得刺耳。

同学们相信她能凭眼神看出真相，所以都不敢对她撒谎。如果有人开始避重就轻、闪烁其词，塔季扬娜·安德烈耶夫娜就会非常生气。

"那么，接下来呢？接下来又怎么样？"她会生气地问。

接下来就只能实话实说。

列尼卡很清楚这一点，他觉得很内疚，也不打算辩解。可老师的问题又让他振奋起来。他看着塔季扬娜·安德烈耶夫娜平静而深邃的酒窝，开始激动地讲起父亲来信的内容，以及自己干的那些家务活儿。

塔季扬娜·安德烈耶夫娜听着，有那么两回还大笑起来，接着又表示很惊讶，打断他说：

"等一下……我没懂。你修大门？什么大门？"

"我家大门……"

"你家大门？"塔季扬娜·安德烈耶夫娜皱起了眉头，"那你母亲不能修吗？为什么她不修呢？"

列尼卡脸红了，摸了摸鼻子。

"谁知道呢……"

塔季扬娜·安德烈耶夫娜突然严肃认真又出乎意料地说：

"非常好。要关心家务事……"

她握了握列尼卡脏兮兮的手说：

"但最重要的是，列尼卡，别放弃学业。要努力学习……"

列尼卡急忙藏起双手，不知所措地看了眼堆在桌子上的作业本，低下了头。

可老师没有站起来，也没有走到那些可怜的作业本旁，更没有从中拿出上面写着他名字的那本。她的话完全超出他的预期——没有任何责怪，语气很平静。老师希望列尼卡能理解她的用心。

"一次作业做不好，就会有第二次……一点点就堆积起来了。这个没听到，那个没听懂，到后面成绩就很难赶上了，这很糟糕。要是每天一点点来，一环扣一环的话就能进步……"她温和地说，"列尼卡，这在我自己身上就很管用。"

列尼卡哼哼哈哈地答应着。他无话可说，自己已经落下了很多功课，这是事实。他为此很难过，但又赶不上来，这都是事实。

"我能搞定的，塔季扬娜·安德烈耶夫娜！我发誓，作为一名诚实的少先队员，我能行！"他激动地说，当场开始回忆他忘了的或者没有学会的课程内容。

之后，他们便在狭小又温暖的厨房里喝茶。窗外风雪交加，屋里圆墩墩的茶炊向脸上吹着暖乎乎的热气。塔季扬娜·安德烈耶夫娜的母亲叫他小孙子，和他一起聊家务活儿。他吹嘘说，可以一天不费吹灰之力砍下两三立方米的木柴。

塔季扬娜·安德烈耶夫娜听完会心地笑了。

★ ★ ★

晚上，列尼卡掏出所有课本，把它们分类摆好。母亲看他坐在书桌前学了好久。上床睡觉的时候，列尼卡还很开心，感到这段时间学习上欠下的债也没那么可怕。

直到第二天早上，有人轻轻叩响了他家的窗户。

列尼卡看到根尼卡的大鼻子紧贴在窗户玻璃上，便跑到外面。

"路上有脚印！"根尼卡神秘兮兮地说。

列尼卡点了点头，赶紧跑回屋穿衣服。

★ ★ ★

刺骨的寒风穿过树林，又呼啸着扫过田野，雪花大片大片地拍打在小云杉上，冰冻的沼泽也被吹得露出了光秃秃的冰面。

根尼卡头戴大棉帽，穿着高靴，皮袄紧紧裹在身上，手里端着步枪。他弓着腰在田野上走啊走，眼睛紧紧盯着灌木丛。列尼卡吃力地跟在后头，他的破靴子里灌满了雪。风吹乱了列尼卡套在脖子上的围巾，那是父亲给他留下的。

"有吗？"他急切地小声询问同伴。

"在沼泽后面，能看到，就在那些小土丘后面。"根尼卡回答道，挺直身子，加快了脚步。

列尼卡没去上学。他决定完事以后，直接带着打到的兔子去找塔季扬娜·安德烈耶夫娜，好好向她解释为什么没去上课。

时间过得飞快。他和根尼卡从院子里出来的时候，天刚蒙蒙亮。这会儿，田野上方淡蓝色的天空已经完全放晴，两个小伙伴还在无望地搜寻着。刺骨的寒风吹得列尼卡眉头紧皱，频频用手套遮着脸，艰难地跟在朋友身后。田野上草木凋零，低洼处还结了薄薄一层冰。根尼卡走过之处尽是冰碴儿和泥水。列尼卡顺着根尼卡踩过的地方，从一个土丘跳到另一个。一股股寒意向他袭来。他把脚从靴子里拔了出来，拧干湿透的袜子，无助地环顾了一下四周——好想回家，回到火炉旁啊。他被冻得手指生疼，心里犯着嘀咕："根尼卡在撒谎吧！他懂什么叫打猎？爸爸都没一个人去过，还总是和农庄的牧羊人一起……得向别人请教一下怎么打兔子才行，但就怕他们会告诉妈妈然后把枪没收了……"

想到这里，列尼卡停了下来。"哎，根尼卡……我都冻僵了。你说的兔子都是骗人的吧？"

但是根尼卡没有说谎。突然，一个脏兮兮的白色小球从灌木丛后蹿了出来。列尼卡看到那双竖起来的尖耳朵，一把扯住根尼卡的手，根尼卡却猛地摔进了沼泽里。兔子高高跃起，撒腿就跑，瞬间消失了。列尼卡见状，气得眼冒金星。

"开枪啊！"他有点无奈地喊道。

"朝哪儿开枪？"根尼卡生气地吐了一口唾沫，"该死的，给跑了……"

★ ★ ★

回家的路上，他们经过学校。列尼卡一路沉默着，累得腿都抬不起来了。尽管没打着兔子，根尼卡却得意扬扬地说：

"我告诉过你吧，有兔子的！我们会抓到的！"

根尼卡有的是时间，反正消防队没什么事可做。

"迟早所有的兔子都会是咱们的！"

这时，红光满面的伊戈尔夹着书包，从学校出来，他走到列尼卡跟前说：

"塔季扬娜·安德烈耶夫娜找你来着……你去哪儿了？"

"我去哪儿了，反正我没在，"列尼卡勉强用冻得发紫的嘴回答道，"肯定是没在炕上坐着……"

根尼卡得意地显摆了一下他的枪。

伊戈尔吹了个口哨，不禁噘起嘴，摇了摇头说："你们在晃悠什么呢？"好像在为他感到惋惜。

列尼卡气得火冒三丈：

"你才在这儿晃悠呢！我还有一大家子人要养活呢！"

伊戈尔好奇地看着他。

"你冻坏了……"说完，他便转身走开了。

刚到小屋门口，列尼卡就撞见了母亲。

"天哪！你整个人都冻白了！真成流浪汉了！连围巾都冻直了！"

"行了吧！"列尼卡不耐烦地把她推开，没好气地说道，"别烦我了！"

此时，小屋里弥漫着新出炉的烤面包香味。

列尼卡走进屋里，躺在热炕上，用大衣蒙住头，只听母亲向科利卡诉苦道：

"父亲在的时候，大家都是孩子。父亲不在的时候，都成一家之主了。我说一句，有一百句等着我！"

列尼卡的脚开始发麻，手指又肿又痛。他想起，去年父亲还冒着暴风雪去邻村买毡靴。大家一直等他等到很晚，可天快亮父亲才回来。他把一个袋子扔在板凳上，跺脚跺了好长时间，不停地用雪擦着冻僵的脸颊，"我迷路了……暴风雪把我困住了。孩子他妈，来看看毡靴！"

"本来都抓到了，"列尼卡想道，"唉，让这兔子给逃走了！难道还要再去吗？"他的头沉沉地砸在枕头上，脑海中又浮现出那片冰冷的荒野……一想起那个地方就让人毛骨悚然。

第二天，列尼卡早早就起了床，匆忙跑去学校，希望能在上课前见到塔季扬娜·安德烈耶夫娜，好向她坦白这一切。他等啊等，着急又担心。可塔季扬娜·安德烈耶夫娜快上课的时候才走进教室，他根本来不及解释，这完全不像预想的那样。

"为什么你昨天没来上学？"老师走到列尼卡的座位旁问道。

列尼卡不愿当着全班同学的面说出原因。"我……然后……"他张嘴低声说，眼神里满是乞求和愧疚。

塔季扬娜·安德烈耶夫娜的神情变得严肃起来，黑色的眉毛聚拢成小山，脸颊上的酒窝也消失了。

列尼卡感到害怕，从嘴里艰难挤出几个字来：

"家里有点事……是弟弟妹妹们……"

"有人生病了吗？"塔季扬娜·安德烈耶夫娜关心地问道。

"不是生病，是……"列尼卡支支吾吾地不知如何开口。他急忙想起之前准备好的理由，便嘟囔了句："不是因为生病，而是因为天气……入冬了……"

塔季扬娜·安德烈耶夫娜抬起头，一脸吃惊地望着他。列尼卡感到，老师似乎并不相信这些话，这让他难堪极了。

"在沼泽地……有……兔子……"

不知谁扑哧一下笑出了声。塔季扬娜·安德烈耶夫娜生气地回头看了一眼其他同学。他们双手捂着嘴巴，笑得全身都抖了起来。

"列尼卡！"塔季扬娜·安德烈耶夫娜温柔地说，"我听不懂你在说什么，你好好解释一下。"

列尼卡站在她面前，脸唰地红了，生气地瞪了同学们一眼。他嘴唇紧闭，一言不发。此刻，教室里一片寂静，塔季扬娜·安德烈耶夫娜在等着他开口。面对他的无助，伊戈尔突然站了起来，既生气又同情地说：

"说实话吧，到这边来说。"他向列尼卡友好地点了点头。

列尼卡起身离开课桌。

"我没说谎！"他喘着粗气喊道。

"你没说谎？"伊戈尔重复他的话说，"那你和消防员根尼卡在那儿瞎晃悠啥？"

列尼卡脸色苍白，脸颊上的雀斑愈发明显。

"你……你瞎说什么？什么叫瞎晃悠？！"他一边喊，一边冲向伊戈尔。

塔季扬娜·安德烈耶夫娜见状连忙用手按住他的肩膀。

"够了！"她说。

列尼卡害怕地看着她的眼睛。

"我到现在还相信你，列尼卡。"她把手从他的肩膀上放下，转身离开了。

列尼卡想要追上她，不让她走，可双脚却迈不开步，仿佛在地上生了根。等塔季扬娜·安德烈耶夫娜走回到讲台旁时，列尼卡着急又绝望地喊了声：

"我去打兔子了！"

教室里的宁静瞬间被同学们的爆笑声打破。列尼卡知道这是一件非常荒谬的事，便沉沉地坐回椅子上。他不想再辩解了，反正也没人相信他。他倚着靠背，把纸往墨水瓶蘸了蘸，开始涂指甲。同学们则在下面交头接耳。

可塔季扬娜·安德烈耶夫娜并没有注意到这些，也对列尼卡的行为不感兴趣。她用和往常一样平静、和缓的语气开始上课。

★ ★ ★

晚上，邻居帕莎跑到列尼卡家里。

"不管你爱听不爱听，我就直接说吧，波利亚，你家孩子太任性了，再往后就没法管了。"她扯着头巾，喋喋不休地说着，"今天我家孩子放学回来，说列尼卡在老师面前可丢大人了！"

"老天爷呀！"列尼卡的母亲听后，不禁埋头痛哭，"我现在一个人……没人能帮我。"

"没人，没人！"帕莎急忙附和道，"你家那儿子可不是什么好帮手，我就这么跟你说吧。"

母亲看着憔悴又疲惫的自己，轻声抱怨道：

"从早到晚，我的心一直在痛……"

"痛啊，肯定痛！"帕莎甚至有些欢快地说，"为自己痛，也为这小子痛。"

列尼卡在走廊就听到了母亲的哭声，还没来得及抖掉鞋上的雪，就赶紧跑进屋里。

"妈妈！"

他疑惑地看着帕莎。她用手比了个"嘘"的动作。

"你问问自己吧……"她叹了口气，转身离开了。

列尼卡走到母亲身边，想告诉她在学校里发生的一切，抱怨一下同学们和伊戈尔有多过分。可她却把脸别了过去，轻声抽泣。列尼卡从帕莎的话中感受到某种指责，又不好意思问，只是心疼地小声说着：

"妈妈……妈妈……"

"等着吧……我有办法治你，我要给你父亲写信，全都告诉他！"母亲突然硬声说道。

★ ★ ★

夜里，列尼卡躲在炉边给爸爸写信，信中的言辞委屈极了："所有人都怪我，爸爸，可我只是想努力让一切变好……"

他从本子上撕下一页纸，手肘抵着桌子，静静听着妈妈轻轻的呼吸声和弟弟妹妹们的酣睡声。夜晚，白天的一切在他脑子里乱作一团，他甚至搞不清到底发生了什么。列尼卡不知为什么想起老师整洁舒适的桌子上刚沏好的茶，想起那片冰冷而漫长的沼泽，想起兔子长长的耳朵，而在这一切之上还有父亲慈祥的脸庞和温暖的大手。

"爸爸，我做不了顶梁柱了，别指望我了……"

列尼卡用手揉了揉眼睛，放下了笔——爸爸会收到这封信的。地下室里冷得可怕，周围又都是敌人。可儿子的信却无法让他高兴。列尼卡本来答应好要做顶梁柱的，却食言了。他在树林里答应得好好的，现在却食言了！

列尼卡匆忙蘸了点墨水，使劲划掉刚写过的字。

"爸爸，我在努力做我能做的。别为我担心，我能忍得了……"

列尼卡读了读这几行字，又把它们划掉，拿出一页新纸，重新写道：

"爸爸，我们过得很好……"

列尼卡放下笔，爬到炕上。他用袖子捂着脸，伤心地抽泣起来："没人可以倾诉，跟谁都没法说……"

★ ★ ★

列尼卡没再去上学。一大清早，他便拿起书包，跑去找根尼卡，家务活儿也不干了。妈妈白天去农庄干活儿，他就在屋子里晃来晃去，和纽尔卡玩儿。无聊的时候，他就教双胞胎学习，可这一切总是以满屋的尖叫告终。

"你是曼卡，而你是坦卡，你们又不用一个名字！坐下来，一个写字，另一个画画！"

双胞胎手拉着手不停地挣扎。

"就让她们一起吧！让她们一起！"科利卡为她们辩护道。

"走开！难道她们一辈子都手牵手吗？别碍事！"

科利卡跑去向母亲告状，母亲对列尼卡发起火来：

"你就欺负弟弟妹妹吧！真不是东西！你不能自己去玩啊！"

列尼卡听完，气得摔门而去。

"好吧！是爸爸让我管他们的！等他回来，我就全都告诉他！"

家里乱作一团。列尼卡在外面晃悠到很晚才回家。回到家后，他先战战兢兢地打量一下院子，生怕撞到塔季扬娜·安德烈耶夫娜。

塔季扬娜·安德烈耶夫娜确实去找过他的母亲。听说列尼卡已经不再上学的消息，母亲一脸茫然，红着脸支支吾吾地替儿子辩解道：

"他帮我做家务……家里孩子太多了……我一个人应付不过来！"

老师摇了摇头说：

"你错了，波利亚。大家都有小孩子，但他们都在上学。"

老师走后，妈妈便哭着责备起列尼卡来。列尼卡一言不发，心里苦苦思索自己的人生：所有不幸都落到他身上，怎么做都不对，哪儿都不好，到处得罪人。不知为何，列尼卡好想为这样的生活大哭一场。

认真想过这些事情之后，列尼卡觉得唯一的办法就是去找塔季扬娜·安德烈耶夫娜，带着打到的兔子向她证明，他当时在教室里没有撒谎，没有在外面闲逛。他还想通过这只兔子改善与母亲的关系，向她证明他并非不可救药，而是努力想为了这个家做个顶梁柱。过了几天，他和根尼卡又去林子里设置陷阱，埋伏在雪堆里，可还是没捉到兔子。

"我们得傍晚去。"根尼卡坚定地说。

★ ★ ★

一天周日，母亲准备去树林里砍柴。

"一起去吧，列尼卡，要不然我一个人拉不上山。"

"让科利卡去吧。"列尼卡回答道。

原来这一天，他又和根尼卡商量着准备去抓兔子。根尼卡的枪上了子弹，说是今天整片林子都有兔子的脚印。

"哪儿哪儿都有兔子！现在就能开枪了！"

而母亲并没带科利卡同去，而是让他留在家里照顾妹妹们。她已经不再对列尼卡有任何指望了。安排好家里后，母亲用头巾裹住头，拉着雪橇离开了院子。

傍晚，列尼卡和根尼卡疲惫地爬过深深的积雪往家走，又气又饿。夜里，严寒包裹着大地，雪橇压过的痕迹一直向山上延伸，直到消失在树林中。

他俩默默地走着。根尼卡不肯就此放弃，他不断地回头，冲着周围的雪坑说道：

"兔子留下的……就是它的脚印！"

突然，根尼卡看到一个大树洞。

"这才是我们要盯着的地方！"他欣喜若狂，"走啊！"

还没等列尼卡回答，他就一脚踏进了雪堆。列尼卡拍掉靴子上的雪，跟在后头。树洞很大，洞面都被烟熏黑了，飘出一股烟味。洞口堆放着枯枝，两个男孩儿决定坐在一旁休息一会儿。

"有人藏在这里躲狼，在这儿点了一晚上的篝火。"根尼卡告诉他。

"净胡说八道，"列尼卡嘲笑道，"一会儿是兔子，一会儿是狼……"说完，他突然听到有活物踩雪发出的嘎吱声。

根尼卡探出头看了一眼，赶紧缩了回去。

"躲起来！躲起来！你妈妈来了！"

列尼卡看着前方，母亲正把绳子拉到胸前，弯着腰，吃力地拉着装满木柴的雪橇上山。脚下很滑，她的头巾也掉落下来，湿漉漉的头发结了一层霜。她时不时停下来，艰难地喘着气。

列尼卡不自觉地想向母亲跑去，可根尼卡却紧紧抓住了他的袖子。

"傻子！她会骂你的！她现在一定很生气。所有妈妈都这样。稍微有点困难，她们就变得很凶，然后把气都撒在我们身上。我的妈妈就是这样。"

列尼卡低下头，听雪橇的摩擦声时而低沉，时而刺耳，然后渐渐远去。列尼卡觉得他仿佛听到了母亲艰难的呼吸，自己也跟着紧张地喘着粗气。

"她会受不了的……她很脆弱……"列尼卡脑海中一直浮现着这个想法。可他还是垂着手，腿僵在那里一动没动。

等母亲的身影在暮色中变成一个黑点，渐渐消失以后，他才抬起头，转过身对根尼卡说：

"你和你的那些兔子都见鬼去吧！这是我最后一次和你一起在这儿瞎晃悠了！"

★ ★ ★

几天过去了，列尼卡在教室里的座位依然空着。每当塔季扬娜·安德烈耶夫娜走进教室，这个空座位都会引起她的注意。她对这个学生的缺席感到既愤怒又不安。她回想起与列尼卡在家中的对话，又想起教室里与他不愉快的交谈。这两者之间似乎有些矛盾，塔季扬娜·安德烈耶夫娜耸耸肩，伤心地对自己说："我不理解。"显然，列尼卡不想，也害怕见到她。

她又试图从其他同学那里了解一些情况，可大家又众说纷纭：

"他在帮妈妈干活儿……"

"他和根尼卡一起瞎晃悠……"

塔季扬娜·安德烈耶夫娜把伊戈尔叫过来。但伊戈尔也对此一无所知。他只谈到了与列尼卡的最后一次见面，当时列尼卡刚打猎失败而归。

"瞎晃悠做什么呢？"他天真地说，"全身都冻僵了……他说家里人多，可自己却和根尼卡去打兔子。"

"打兔子？"

"对！带着枪去的。同学们都看到了！"

塔季扬娜·安德烈耶夫娜若有所思地看着伊戈尔。

"我需要把这些都搞清楚。"

"我可不去找他。"伊戈尔皱起了眉头，"我那时说了他的事，他现在还和我生气呢。"

塔季扬娜·安德烈耶夫娜坐在沙发上，叹了口气。伊戈尔也坐到椅子上，瞪着那双圆圆的棕色眼睛看着老师。

"可他不来上课呀！"塔季扬娜·安德烈耶夫娜几乎大声喊道，脸都气红了。

伊戈尔见状连忙起身——能把老帅气成这样，他决定要找列尼卡好好算一账。"看我不给他一拳。"他暗自想道。

"别担心，塔季扬娜·安德烈耶夫娜！您别担心！"

塔季扬娜·安德烈耶夫娜生气地说：

"怎么就'别担心'！我告诉你，教室里你同学坐的座位是空的！你还对我说'别担心，别担心'？"

伊戈尔刚要张嘴说点什么，可塔季扬娜·安德烈耶夫娜接着说："如果你家吃饭的时候旁边妹妹或弟弟的位置上没有人，你不担心吗？"

"他还活着呢……"伊戈尔小声地说，"而且听说也没生病……"

"听说？"塔季扬娜·安德烈耶夫娜生气地说，"你还听说了什么？"

伊戈尔低下了头。

"我和他不是朋友。"他说。

"不是朋友？"塔季扬娜·安德烈耶夫娜反问道，"那当然了，对你来说无所谓了……生病就生病，死了就死了，就让他一直自生自灭吧……"

伊戈尔沉默了。

"你们在一所学校待了四年，这对你来说这不算什么吗？我什么时候这么教你们做人的？"

伊戈尔听完，羞愧地扯了扯自己的帽子。

"带上其他同学一起去他家，帮他做点家务活儿吧。他自己可能应付不过来……别说是我派你去的。"塔季扬娜·安德烈耶夫娜送伊戈尔到门口的时候说。

★ ★ ★

列尼卡瘦了。他的脸颊凹陷下去，下巴都变尖了。看到他无精打采地穿过院子，或者倚坐在桌旁时，科利卡便问母亲："他怎么变得这么安静了？"

自打那次在林子里碰见母亲之后，列尼卡便决定不再往外面跑了。他早早起床，灌满水桶，小心留意母亲的一举一动。令他惊讶的是，自己以前从未注意过母亲有那么多活儿要干。妈妈叉着腰或者艰难地挺起身子时，他便会跑过去担心地说：

"快坐下！坐下！"

可她并没有诉苦，倒是很感动地回答说：

"我不累，宝贝……一点儿也不累……"然后，用因常年劳作而粗糙不已的手摸了摸列尼卡的脸。

每到夜里，母亲都会为列尼卡辍学的事暗自神伤。可是一和他谈论起这件事，列尼卡就意志消沉，一言不发。于是，母亲便换个方法，有天早上假装不经意地感叹说：

"老天爷呀！时间真快啊！已经九点了吧……"然后把书包放在他面前。

列尼卡走到窗前，若有所思地望着窗外。上学的孩子们已然都跑出了自家院子。列尼卡皱起眉头，用手指敲了敲窗户玻璃，想着心事，但并没有出门上学。

"儿子！"母亲突然喊道。

列尼卡猛地抖了一下，像是被谁突然抓了一下。

"儿子，你去找塔季扬娜·安德烈耶夫娜吧。好好和她认个错。"

"我没什么错好认的。"列尼卡冷冷地回答道，便走出小屋，结束了这段对话。

伊戈尔和住在隔壁的同学斯捷潘、米佳走在街上。"他会把我们赶出去的。"伊戈尔心想。米佳个子高大，斯捷潘身形瘦长，而伊戈尔则矮小敦实，长着圆圆的脸。他们俩是形影不离的好朋友，无论到哪儿都要黏在一起。他们非常了解每个上前线家庭的人员情况，会像亲人一样拜访这些家庭，一本正经地帮他们干各种家务活儿：劈柴，打水，帮留在家的主妇们削发芽的土豆。临走的时候，他们总是会说：

"需要帮忙的话，请告知学校，我们马上就过来！"

全村的人都认识他们。三个孩子也感到自己无论走到哪里都备受欢迎。可今天，伊戈尔在去往列尼卡家的路上却板着脸，一言不发。要不是塔季扬娜·安德烈耶夫娜，他根本就不想去列尼卡他们家。

此时，列尼卡正坐在桌前，母亲站在炉子旁，望着熊熊燃烧的火苗，回想着父亲的上一封信。那封信是别人代写的，是从某个医院寄来的。父亲没提别的，只简短地写了一句话，说自己身体出了点儿小问题，正在医院里休养。

大门哐的一声被推开，三个孩子闯进了屋子。列尼卡抬起头，看见了伊戈尔。伊戈尔摘下帽子，向四处张望。

"我们是来找你的，波利亚阿姨！"伊戈尔笑了，理了理腰间别着的斧头，"看，我们这俩人又想干活儿了！需要帮忙做点儿什么吗？你好啊，一家之主！"他对一脸茫然的列尼卡点了点头。

波利亚放下炉钩子，有点儿慌张地说：

"哎呀……是谁派你们来的呀？"

"我们自己来的！"伊戈尔高兴地说。

"我们自发的！"米佳在门口叨咕了一句，把头倚在门框上。

瘦高的斯捷潘掏出笔记本，一本正经地说道：

"那么，有什么需要，请告诉我们，波利亚阿姨！我可以帮你写份申请！我亲自把它送到区里！"

"不用，不用！"波利亚挥了挥手，"不要给别人添麻烦。现在是战争时期，也不只有我们这一家困难！"

米佳伸了个懒腰，用手套揉了揉鼻子，"问一问啊，伊戈尔！"

"有什么好问的？先把房顶的雪铲下来吧，今年的雪积得不少……忙完再看看还有什么别的活儿。"伊戈尔友好地向列尼卡点了点头，"咱们去院子里吧！拿上铁锹！"

"那……"波利亚突然站起来，"那再修一下我家的窝棚吧：小猪总能从那个窟窿跑出去。要是修好了，我就不用没完没了地追它了……"

列尼卡生气地瞥了妈妈一眼，穿上棉袄走出屋子，心中充满了对母亲、对同学、对伊戈尔的怨恨。最让他生气的还是伊戈尔，他表现得好像什么都没发生过一样。列尼卡不知道，执行老师交代的复杂任务让伊戈尔感到很不自在，而他也在努力隐藏这种不自在。两个人都在暗自观察对方。列尼卡厌恶地看着伊戈尔哼着小曲，走向窝棚，拽下母亲用来堵洞口的破布，轻轻拍了一下从窟窿里伸出头来的小猪，说道：

"你们家小猪肯定满院子乱跑吧？"

"是的，总跑出去！"列尼卡的母亲说。

听罢，伊戈尔从窝棚里掏出一块木板，在手中转了一下，试了试是否合适，然后开始凿了起来。

"有钉子吗？"

列尼卡听后径直走进仓库。米佳的靴子把铁皮窝棚顶踩得吱嘎作响，斯捷潘的瘦长身影在院子里来回穿梭，窝棚里传来欢快的口哨声和斧头的敲打声。这些不速之客在他的院子里擅作主张，就好像列尼卡自己什么都不愿意做似的，这让他感到既懊恼又羞愧。他在钉子盒里找了很久，心头难过地一遍遍念叨说：

"等爸爸回来了，我全都告诉他！"

过了一会儿，米佳从雪堆下面拔出冻坏的木头。

"这些木头没法用了。"他用斧头敲了敲朽烂的木墩子，对列尼卡说，"咱们帮你妈妈砍点柴吧！"

列尼卡咬着牙生气地一把抓起斧头，砸向木桩。米佳默默拔出斧头，把它扔到门口。

"给我个锯子！"

干完活儿之后，孩子们跺了跺脚，抖掉靴子和羊毛外套上的雪。

"确实，对你来说挺难的……这样的家庭不是闹着玩的。"伊戈尔望着列尼卡说。

列尼卡浑身微微颤抖，喉咙发紧，哽咽着说：

"我的家庭，不关别人的事！我是一家之主！这是我爸爸亲自指派的！我自己能应付得了！"他胸脯剧烈地起伏着，瞥了一眼三个人说。

"你能应付就应付呗！"米佳冷漠地说着，拍了拍湿漉漉的手套，"那我们就走呗！"

斯捷潘瞥了眼列尼卡，不悦地揉了揉鼻子，把笔记本揣进口袋里，跟在米佳身后。

"谢谢你们……今天的帮忙！"列尼卡冲他们背后喊道。

伊戈尔却没急着离开，只见他倚靠在门廊的栏杆上。

"你们先走吧！我过会儿就来！"他向其他两个小伙伴点了点头。

列尼卡见状，挑衅地看着他。

"你做得对。"伊戈尔突然说道。

"什么？"列尼卡有点儿惊讶。

"我也不喜欢别人帮我，"伊戈尔没有回答他的问题，他皱起眉头，若有所思地摇了摇头说，"非常反感！"

"那你干吗来帮我？"列尼卡用责备的口吻问。

"我来帮你是因为……"伊戈尔看着列尼卡，支支吾吾地说，"你嘛……整天都……去打猎。"

"去打猎？"列尼卡重复了一遍，双手插在口袋里，上下打量着眼前同学，"我那是去抓兔子！关你什么事？"

"他一定是想跟着我！"列尼卡心想。

"那能抓到兔子吗？"伊戈尔试探性地问道，他感觉这场对话不太对劲，不应该这样开场。

"什么都没抓到！"列尼卡于是兴致勃勃地讲自己的冒险经历，讲自己差点就揪住了兔子耳朵，还讲了给兔子设的各种陷阱。

伊戈尔微笑着听着故事，屋外白雪皑皑，晃得他眯起眼睛。此刻，他还想着要怎么和塔季扬娜·安德烈耶夫娜解释，说他去打猎什么都没打到吗……伊戈尔突然开始有点儿心疼列尼卡。他打断列尼卡，不耐烦地问道：

"那你要兔子干什么呢？"

"干什么？"列尼卡愣了一下，"毕竟，我有一大家子人呢！是只兔子就能做帽子！上次我差点把脚冻坏了，我还以为要完蛋了呢。"他意外地吐露心声，"全都是沼泽地……风在耳边呼呼刮……"说着说着，他打了个寒战，"可父亲以前就经常这样啊……"

伊戈尔脑海中浮现出在学校门口遇见列尼卡冻僵了的情景，便担心地说：

"别再去抓你的那些兔子了！它们带不来什么好事！你都不去上学了！"

"是的，我不去上学了。"列尼卡肯定地回答。

"为什么？"伊戈尔惊讶地问道。

"就因为你，因为咱们那些同学，因为塔季扬娜·安德烈耶夫娜，我不去了！"列尼卡突然怒气冲冲地说。

伊戈尔满脸吃惊地看着他。

"塔季扬娜·安德烈耶夫娜不相信我……她以为我在外面晃悠，瞎混……"列尼卡的声音有一些颤抖，"根本没人了解我的生活！"

伊戈尔一把抓住他的袖子，一时忘了老师的嘱咐，赶忙说道：

"是塔季扬娜·安德烈耶夫娜派我来的。她担心你，关心你。我自己并不想来的……"

列尼卡听完甩开他的手，转过身去。

伊戈尔充满歉意地拍了拍他的肩膀。

"别生我气了。我当时在班上那么说是出于好意……"

列尼卡没再说话，默默地啜泣不止。

★ ★ ★

从列尼卡家出来后，伊戈尔焦灼不安地来找塔季扬娜·安德烈耶夫娜。从他支离破碎的讲述中可以听出，列尼卡不去上学并不是因为他懒，而是因为塔季扬娜·安德烈耶夫娜不再相信他了。而他去捉兔子是因为家里的孩子需要一顶帽子。谁承想，兔子没捉到，带来的尽是麻烦。

"他说，'我不去上学了'，然后就自己哭了。"

伊戈尔沉默了一会儿，又深深地叹了口气：

"根本没人了解他的生活……"

塔季扬娜·安德烈耶夫娜看着他那难过又可爱的脸，不禁起身。

"好了，你走吧！谢谢你。"

伊戈尔睁大眼睛，却没有动弹。

"那……那列尼卡呢？"

他想再说点什么，可塔季扬娜·安德烈耶夫娜挥了挥手：

"去吧，去吧！我教了他四年……要是真有什么三长两短……"

他有点儿不高兴甚至是责备地看向老师，止不住地替小伙伴感到委屈，离开时心想："没关系，列尼卡，我们自己想办法！"

过了一会儿，塔季扬娜·安德烈耶夫娜穿上皮袄，拿起头巾，又停住了。

"我一直相信你，列尼卡！"她的脑海中突然浮现出这一句话，还有列尼卡那张恐惧的、乞求的脸，他近乎绝望的叫喊，那声叫喊引起了全班的嘲笑："我去打兔子！"

原来，他害怕的是她不再相信他了。

塔季扬娜·安德烈耶夫娜突然意识到，原来自己根本就没有了解过他，没有去问问他……甚至什么也没有做！

想到这里，她忙系上头巾，沿着长长的街道向村子的另一边快步走去。

而此时列尼卡家里正进行着一场压抑的对话。

同学们的到来让列尼卡心烦意乱，他再也忍不住了，激动地冲母亲喊道：

"我自己能修好！我没说我不修！就因为你们，我才不去上学！"

"都是因为你们！因为你们！我的脚都冻僵了！在塔季扬娜·安德烈耶夫娜眼里，我就是个撒谎的人，她还生我的气呢……我要是带着兔子找她，说不定她就信了……"

就在这时，塔季扬娜·安德烈耶夫娜推开了门。列尼卡正趴在桌边，大声委屈地哭着。波利亚垂着手，惊慌地站在他身边，一言不发。塔季扬娜·安德烈耶夫娜赶紧进屋跑到列尼卡身边说：

"好了，好了……我没生气，我相信你……"

列尼卡抬起被泪水打湿的脸，想努力说点什么，可话还没说出口就被一声突然的尖叫打断了。

只见鬈发的双胞胎厮扭在一起，哭闹起来。

"这是怎么回事？"塔季扬娜·安德烈耶夫娜吓了一跳。

"这是曼卡和坦卡。"列尼卡擦掉脸上的眼泪笑着说。

★ ★ ★

五月的阳光洒进列尼卡家的小屋，就像一条金晃晃的溪流，透过每个缝隙，淌过刚刷好的地板，也像一只小兔子，跃过双胞胎浅色的鬈发，抚摸着母亲苦涩的皱纹。已经很久没有父亲的消息了。列尼卡的上一封信寄到了医院，那边只返回来写有一句话的字条——已出院。列尼卡并没有把这字条给母亲看。他和塔季扬娜·安德烈耶夫娜一起给部队写了封信，继续询问父亲的情况。

时光飞逝。列尼卡的生活也发生了一些变化，但最显著的变化是学习有了进步。家中一切安好，生活井井有条。家人只有在想起父亲的时候才会难过，便都努力不去提起他。

那是节日的第一天。波利亚提前从农庄给孩子们带来了礼物。双胞胎穿着一模一样的小裙子，像两朵粉色的花儿坐在窗边，毛茸茸的头探出窗外。纽尔卡穿着新鞋在屋子里啪嗒啪嗒地跑来跑去。科利卡卷起方格衬衫的袖子，用肥皂擦洗通红的耳朵。列尼卡则高兴地看着弟弟妹妹们穿上新衣服，和母亲一起翻箱倒柜——他新买的条纹裤子和他那件过冬的旧衬衫不太搭。没过一会儿，伊戈尔打扮得漂漂亮亮，兴高采烈地跑进屋里。他身穿一套绿色的体操服，衣兜里还揣着一根铅笔，衣领立得笔直。

"今天在维塞洛夫卡放电影！快点儿，同学们都等着呢！"

列尼卡看着自己缝补过的袖子犹豫了。母亲默默地从箱子里拿出父亲的夹克递给了他。列尼卡吓了一跳，摇了摇头。他突然觉得，要是穿上了父亲的夹克，就意味着父亲不在了，回不来了，再也看不到它穿在父亲身上的样子了……列尼卡用手推开夹克，一遍遍地重复道：

"拿走，快拿走！给爸爸留着！"

"有什么大不了的呢？"母亲温柔地说。

"快穿上！快穿上！"伊戈尔催促道。

又过了一会儿，伊戈尔的伙伴们吵吵嚷嚷地冲进了屋里：

"是不是该走了呀！"

列尼卡穿上了夹克，可袖子对他来说太长，衣肩又太宽。

"我穿着不合身……"

"你可以卷起袖子啊。到时候我给你缝一下。"母亲说着，从箱子里掏出一个旧钱包。她干瘪的手在钱包里翻找许久，终于翻出一张崭新的五卢布钞票，"拿着吧，儿子，给自己买点儿汽水或者点心。"

列尼卡低着头接过五卢布，走出了屋子。

去往维塞洛夫卡的路上，孩子们一直谈论着战争和村里发生的新闻。伊戈尔讲得滔滔不绝，但此刻列尼卡听得心不在焉。在街口，他们遇到了列尼卡父亲的老朋友帕霍梅奇爷爷，他正在码头那边干活儿。

他走近列尼卡说：

"啊，你长大了呀……长大了，小伙子……你父亲的夹克都能穿你身上了。"他用手轻轻摸了摸天鹅绒的袖子，摇了摇头说："这是我们一起买的，可……命运不济啊……"

列尼卡听到这句话后缩了下身子，又不知道该说什么，只不知所措地默默站在那里。帕霍梅奇像是忽然想起了什么，连忙解释道：

"哎呀！我在说些什么呀？你母亲怎么样？你家的孩子们呢？你们过得不宽裕吧？"

"还行，"列尼卡看着伙伴们远去的背影，拉长声说，"慢慢来就行了。"

"慢慢来，慢慢来！"帕霍梅奇爷爷高兴地接过他的话茬，"你需要什么就来找我！总能找到点儿活儿干！"

"我还在上学呢……"

"那就周末！周末来吧！现在是旺季，我们在等第一艘船。到时候会有大批货物运输过来。"他拍了拍列尼卡的肩膀，"我给你找份活儿！你来吗？"

"来！"列尼卡高兴地答道。

和帕霍梅奇道别后，他忙跑过去追上伙伴们。他们已经走得很远了。列尼卡在林子里又放慢了脚步，陶醉在自己的幻想中，没有注意脚下的路。

"每个周末我都能去干活儿了！装袋子或者搬东西什么的……什么活儿我都愿意干！"他开心地想。

这时，树林里传来伊戈尔响亮的声音：

"喂！列尼卡！我们要迟到了！"

"没事儿，能赶上！"他答道，心中不禁想起母亲空瘪的旧钱包，他从口袋里掏出那张五卢布钞票，自言自语道："这个我也不会花的……等我以后多挣点儿给她……"

列尼卡脑海中浮现着把赚来的钱通通交给母亲的情景，一想到她那种吃惊的脸，便哈哈大笑起来。然而，这笑声像是猛地扎了一下他的心，他立马停下来，难过地小声说道：

"爸爸！"

★ ★ ★

节后第二天一大早，列尼卡便跑到塔季扬娜·安德烈耶夫娜那里。一起去学校的路上，列尼卡气喘吁吁地给她讲，帕霍梅奇答应给他在码头找份差事。

"等一下！这个帕霍梅奇是谁？"塔季扬娜·安德烈耶夫娜满是担忧地问道。

"啊，帕霍梅奇啊！是位老人……"

"我问的是，你从哪儿认识的这个人？"

得知帕霍梅奇是列尼卡父亲的朋友后，塔季扬娜·安德烈耶夫娜没有反对他去干活儿。

晚上，列尼卡坐到母亲身边说：

"我打算……去找帕霍梅奇。周末都去他那儿干活儿。说不定整个暑假他都会雇我。"

母亲听完流泪不止。列尼卡搂着她的脖子，用严肃又温柔的声音说：

"好了，别哭了……离家很近的。"

节后的第一个星期天，列尼卡便去了码头，并特意经过塔季扬娜·安德烈耶夫娜家的窗前。他披着父亲的夹克，感觉自己像个大人，一名真正的工人。弟弟科利卡送他到附近的码头。

"我走了，塔季扬娜·安德烈耶夫娜！我去工作了！"他冲着老师打开的窗户喊道。

老师探出头，向他点了点头。

列尼卡开心地上了路，对弟弟说：

"我不在家你要照顾好家里……妈妈，她很脆弱！"

★ ★ ★

暑假里，列尼卡在码头上干了整整两个月。他的差事很轻松，主要负责记录从船上卸下的货物。每天，列尼卡还能和其他小伙子一起去河里游几次泳，然后再给货船准备好装载的袋子。他什么活儿都干：打扫谷仓，缝补破损的袋子，替装卸工们买面包。每个星期六，他都把自己洗得干干净净，顾不上湿漉漉的头发，就穿上他的天鹅绒夹克赶回家。这时，弟弟妹妹们总会跑出来迎接他。列尼卡会先发给他们蜂蜜面包，然后抱起纽尔卡走在回家的路上，时不时回头催一下落在后面的双胞胎，还不住地向弟弟科利卡打听这段时间的新闻。回到家里，他和母亲郑重地问候一下，便把这一周的收入放在桌子上。

波利亚心中感动极了，把钱久久地握在手心，不知该把它放在哪里。接下来的一周，她都盼着儿子回家，并对邻居们自豪地说：

"我家的老大……每次拿到工钱都带回家里！"

★ ★ ★

七月末，码头上人来人往，靠岸的三三两两船只吱吱呀呀，装满盐的重型货车轰轰隆隆。渡口的凉棚下坐着乘客，赤脚的孩子们在那儿玩着水。大家都在等着船来。

只一个夏天，列尼卡长高了，晒黑了。这会儿他正和帕霍梅奇站在码头。

只听远处传来长长的汽笛声，一团黑色的烟钻入蓝天白云之中。一艘刚漆过的白色大船劈开层层水花，摇摇晃晃地驶过。码头上的乘客开始躁动不安。水手们闻声忙备好舷梯，将湿漉漉的绳环重重地套在码头的铁桩上。船只渐渐停稳，与河岸之间的距离越来越短，甲板上人声鼎沸。

"小心！小心！"船上的乘客熙熙攘攘，好不热闹。

列尼卡百无聊赖地趴在摞得高高的袋子上。突然，他的嘴唇微颤，目不转睛地盯着一处——他挤进人群，被困在那儿根本走不出去。帕霍梅奇见状一把抓住他的衬衫说：

"别动，别动！你疯了吗？"

"爸爸！爸爸！"列尼卡挣扎着冲出人群喊道。

人们纷纷后退，给那位穿军大衣的人让出一条路。只见，他将一只手伸向列尼卡，而另一只胳膊上只有空荡荡的衣袖。列尼卡一把搂住父亲的脖子，盯着那只空袖子，结结巴巴地哭着说：

"你回来了，回来了……是你吗，爸爸？"

鸟儿在茂密的灌木丛中欢快地歌唱，一旁的老橡树窸窣作响，树叶轻轻拂过他们的肩膀。阳光的照耀下，草地显得愈发青翠欲滴，小路上的水洼也闪闪发亮。

列尼卡紧紧握着父亲的手，滔滔不绝地向父亲讲述过去的生活。他的声音时而低沉，淹没在鸟语和风声中，时而被泪水打断，深陷于苦涩的回忆中。说着说着，列尼卡突然停下脚步。

　　"你听到了吗，爸爸？"

　　父亲紧紧握着儿子纤细又粗糙的手：

　　"听到了，儿子！"

　　迎面的风吹起父亲军大衣的下摆，也吹起了列尼卡披在肩上的黑色天鹅绒夹克。

　　父亲的夹克是关爱，是坚强，是扛在肩上的重担，是小小少年倔强的成长。

坏妈妈和好姨妈

达莎小时候总跟妈妈和姨妈待在一起。她们都很爱她，但教育她的方式却截然不同。

妈妈总是要求小达莎早早起床，收拾房间，学习功课。她还教女儿缝纫和刺绣，要她热爱劳动，不畏辛苦。

而姨妈呢，什么事都不让她干，她替小达莎包揽了一切，只让她整天和小朋友们在树林里疯玩儿。

小达莎总是对她的朋友们说："我有一个坏妈妈和一个好姨妈！"

时光飞逝，童年一去不复返。小达莎长大了，也参加了工作。周围的人都对她赞不绝口："达莎的手可真灵巧：不管她做什么，总比别人做得又快又好……"

"是谁教会你这么多的？"女同事们经常问她。

想到小时候对妈妈的误解，达莎伤心地低下头说：

"是我妈妈教我的，多亏了她啊。"

关于姨妈，小达莎却只字未提……

溺爱并不利于我们成长，授之以渔，才是爱的正确方式。

沃利卡的周末

　　整个冬天，沃利卡都在幼儿园寄宿，只有在周日才被带回家。春天，妈妈达里娅·伊万诺夫娜在郊区的一家保育院找到了一份厨师的工作，第一个周六她就把沃利卡带到了自己工作的地方。母子俩到的时候已是傍晚，太阳为大地镀了一层金边，沃利卡水手帽上的黑丝带在树丛中欢乐地飘动。

　　沃利卡突然停了下来，睁大蓝色的眼睛，对母亲说：

　　"妈妈，有小朋友！"

　　小朋友们正坐在一栋白色房子的阳台上。长桌上铺着蓝色油布，白色茶杯闪闪发光。孩子们就着牛奶，吃着蜂蜜干酪。沃利卡以为这是他幼儿园的小伙伴们，便高兴地挥手喊道：

　　"小伙伴们！"

　　孩子们很快站了起来。

　　"看，有个小男孩儿！这是谁家的？"两个小姑娘迅速钻到桌子下面，从另一边爬出来，跳下台阶，向沃利卡跑来。

　　不一会儿，沃利卡已经彬彬有礼地背着小手，坐在他们旁边了。他举起双手，接过克拉夫季娅·伊万诺夫娜老师盛

给他的奶渣和倒给他的牛奶，拿着它们在头上晃来晃去，一
边大声说——

牛奶啊，牛奶，
轻轻松松喝掉。
奶渣啊，奶渣，
怎么也咽不下。
用蜂蜜抹一抹，
轻轻松松吃下。

说罢，他便大快朵颐起来。吃完后，他擦掉红扑扑小脸
上的奶滴，向四周看了看，调皮地说：
"我不在这儿上幼儿园。我只有周末才来这儿！"
达里娅·伊万诺夫娜住的房间在保育院厨房旁边，房间
很小但很亮堂。每天她早早起床，有很多活儿要做——去饲
养场帮小姑娘娜斯佳给奶牛挤奶，再去储藏室仓库拿食材准
备早餐，把白面包和黑面包切成薄片。
沃利卡常常和妈妈一同起床。他甚至醒得比妈妈还早，
那毛茸茸的小脑袋抬起来好几次，等妈妈一睁开眼睛，他便
赶紧起身穿衣服。可穿衣服对沃利卡来说不是一件容易的
事。他一边呼哧带喘地系扣子，一边轻声说：
"哎呀，怎么进不去啊，快系上啊！"
而达里娅·伊万诺夫娜见状便会把儿子抱在怀里，使劲
儿地亲吻了他的小脸，拍拍他紧实的后背，帮他系上扣子。
接着，她倒了一盆清水，给沃利卡洗了脸，用毛巾擦干，然

后拿起一个大篮子说道：

"好了，咱们去干活儿吧！"

这会儿太阳还没出来呢。草地还湿漉漉的，清风迎面扑来，沃利卡鼻子冻得通红，他哆哆嗦嗦地把冰凉的小手伸进妈妈温暖的大手里。

"冻僵了吗？马上就能暖和过来的。"达里娅·伊万诺夫娜说。

没一会儿，他们来到了饲养场。那儿有一栋大砖房，窗户很小，门却很大。

"这是牛棚。"妈妈对沃利卡说。

牛棚里干燥又暖和，保育院的奶牛都圈在这儿。栅栏那边散发着新鲜的奶香和干草的微甜，同时混杂着奶牛身上的气味。

娜斯佳扑闪着一双黑色眼睛，高兴地拉起沃利卡的手，拍了拍他胖乎乎的小脸蛋，吹了吹他毛茸茸的小脑袋。

"哎呀，小孩儿！来我们这儿玩儿了！这孩子长得就像一朵小蘑菇！刚从松林里采来似的！"

沃利卡还挺喜欢娜斯佳的：他躲在母亲身后，一会儿古灵精怪地探出头来看看，一会儿又躲起来。可娜斯佳没时间和他玩儿，达里娅·伊万诺夫娜也没有时间。她们俩走到窗前，在笔记本上写着什么。沃利卡看了看栅栏后面，浅咖色的大奶牛米尔卡正卧在干净的软草上。米尔卡慢吞吞地嚼着草料，没注意到小男孩儿的存在。

"哇，是奶牛呀！"沃利卡好奇地说道，他贴着栅栏，小心翼翼地绕着奶牛走了一圈，轻轻摸了摸它柔软的绒毛。

奶牛的一双眼睛灵动又忧郁，睫毛又黑又直，沃利卡不由得深深叹了口气说："哇，这个奶牛真不错啊！"然后便乖乖蹲在离它尾巴远一点儿的地方，不再离开。

这时，娜斯佳系着白围裙，拿着一条干净的毛巾和一个挤奶桶走了进来。奶牛转过头来，高兴地哞了一声，然后便吃力地站了起来。沃利卡吓坏了，赶紧缩到门口。

"没事，没事！奶牛很温驯的。"娜斯佳说。

沃利卡这才敢回来。

娜斯佳用温水擦洗过奶牛那丰满的乳房，然后坐到小凳子上，一边挤奶，一边温柔地哼唱：

"我给你吃鲜嫩的牧草，喝浓稠的料水，我给你美味佳肴。而你，亲爱的，给我些上好的奶吧，让我做新鲜的黄油和浓郁的奶油。"她的声音悠扬又温柔。

奶牛温柔地转过头来，聆听着娜斯佳的吟唱。奶水汩汩流淌到桶里，那声音也好似轻柔的音乐。沃利卡蹲在娜斯佳的身后，也不自觉地跟着她动起嘴角，哼唱着。他的睫毛疲乏地扇动了几下，便赶紧拼命瞪大眼睛，生怕自己睡着了。

奶流变得越来越细，直到汩汩声完全停止。沃利卡站起来，看了一眼挤奶桶说道：

"这是沫啊……牛奶在哪儿呢？"

"那下面就是牛奶。我呀，这就把牛奶滤出来。看，还是热乎的，快喝吧。奶牛吃的是新鲜的草，产的奶又甜又香……米尔卡可是我们这儿最棒的奶牛呢。"

牛奶的确又香又甜。沃利卡喝掉一大杯，就和母亲去了储藏室。那儿有个叫德米特里·斯捷潘诺维奇的高个子老爷爷，他正不慌不忙地把黑面包、白面包、米、糖和黄油分别放在大磅秤上称重。沃利卡认真看着小铁块沿着标尺移动，紧接着秤砣下沉，德米特里·斯捷潘诺维奇便会在笔记本上记录。

"拿下来吧。"

妈妈和娜斯佳把食物放进篮子里，把它们搬进厨房。

沃利卡在储藏室待了好久。趁老爷爷转过身的工夫，沃利卡便站到磅秤上，移动着铁块，小声说道：

"两千克……二十克。"

"啥玩意两千克二十克？"老爷爷笑了笑。

沃利卡歪着头，腼腆地笑着说：

"米啊。"

"米？你吃的吗？小伙子，你挺能吃呀！"老爷爷推了推他鼻子上的眼镜，接着说道，"看得出来，以后是个干活儿的好苗子！"

沃利卡突然抬起手，留心听着什么。奶牛正在院子里大声地哞哞叫着。

"是奶牛在唱歌呢！"他高兴地喊了一声，便冲到门口。

告别奶牛后，沃利卡和小朋友们开始一起做操。他站在小班的最末尾，努力做着戴红领巾的大哥哥展示的动作。

"做得真棒，沃利卡！"大家称赞道。

沃利卡还和小朋友们在阳台的公共餐桌上一起吃了饭。大家都争先恐后地叫沃利卡坐到自己身边，于是克拉夫季娅·伊万诺夫娜老师说："就让他坐在昨天坐的位置吧。"

沃利卡便乖乖地坐到自己昨天坐过的地方。

下午，沃利卡睡得正香。小朋友们提着篮子在院子中间和妈妈小声说话，把他给吵醒了。

"达里娅·伊万诺夫娜，把沃利卡交给我们吧！我们带他一起去森林里采果子。"

"好啊！好啊！"沃利卡从床上大喊道。

小姑娘们便递给他一个小篮子。

森林里鸟儿在歌唱。沃利卡觉得，大树遮天蔽日，怎么仰头也看不见天，一切都好像笼罩着一层淡淡的绿光。脚下的草丛也茂盛葱郁，一不小心沃利卡就被绊住了，摔了一跤。他摔得欢快又轻盈。孩子们急忙把他扶起来，可他又故意摔倒了，还哈哈大笑起来。

一个小姑娘拉着他的手说：

"别闹啦。我们去找果子吧！"

另一个小姑娘问道：

"你知道草莓是什么吗，沃利卡？"

"是红红的、甜甜的果子。"沃利卡说着，咂了咂舌头。

草丛里，几个大树墩底下的果子红彤彤的，长了一大片。

"这里，这里，沃利卡！"男孩儿们在旁边喊着，"快拨开草，看，这就是果子！"

沃利卡跺了跺脚，便蹲下身。没过一会儿，几只手便争先恐后地把果子塞进他的嘴里，他连忙推让道：

"我自己来吧！我自己来吧！"

"小伙伴们！让他自己来吧。他想自己摘。"

沃利卡在草地上搜寻着，每找到一颗果子，孩子们就在旁边大声为他欢呼。

沃利卡摘得面红耳赤，红色的果汁也沾得满嘴都是，他笑着，蓝蓝的眼睛开心又好奇地打量着四周。

回家的路上，孩子们轮流用手搭起轿子，抬着沃利卡往回走。沃利卡晃悠着腿儿，不住地嘀咕着今天摘到的那些果子，看见的那些树和鸟，还有德米特里·斯捷潘诺维奇的大磅秤……不一会儿他就安静下来，靠在别人的肩膀上，发出温柔又悠长的呼噜声。

晚上，保育院有自编自演的晚会。沃利卡和妈妈，还有娜斯佳，坐在第一排。德米特里·斯捷潘诺维奇老爷爷也来看孩子们的表演了。他们唱歌、诵诗，还跳起了舞。

克拉夫季娅·伊万诺夫娜老师突然说道：

"我猜沃利卡也会背诗或者唱歌。是吧，小沃利卡！"

妈妈轻轻地推了下沃利卡。

"来，儿子，说一说吧，你会什么呀？"

沃利卡慢慢走上舞台。克拉夫季娅·伊万诺夫娜老师抱起他，让他站在舞台中间。大厅里顿时一片肃静，大家都在等着他的表演。

沃利卡站在那儿想了一会儿。他突然蹲下来，用像蚊子一样小的声音吟唱：

"我给你吃鲜嫩的牧草，喝浓稠的料水，我给你美味佳肴。而你，亲爱的，给我些上好的奶吧，让我做新鲜的黄油和浓郁的奶油。"

突然，大厅里一阵骚动。孩子们纷纷站到椅子上，想把舞台上的这个小朋友看个清楚。随后大家哈哈大笑，鼓起了掌，七嘴八舌地喊道：

"再来一个！再来一个！"

娜斯佳忽闪着黑色的眼睛，咯咯地笑着，用手帕轻轻擦了擦眼泪。沃利卡则蹲在地上，露出了开心又难为情的笑容。

第二天早上，妈妈说周末要结束了，得把沃利卡带回他自己的幼儿园了。孩子们恳求她让沃利卡在这儿再待一个星期，但她断然拒绝了：

"不行，不行呀！他还有自己的事要做。他在幼儿园里捏泥巴、画画，还要学音乐，他们的幼儿园可不比我们的差。不过，周末我会再带他来的。"

孩子们一直目送着沃利卡离开，直到宽阔的林荫道上只看得见一顶蓝色的水手帽，他们便依依不舍地挥起手大喊道：

"再来玩儿啊，沃利卡！"

从棕黄的松树后也传来一个欢快又可爱的声音：

"周末，我一定会再来的！"

童年如画、如歌，治愈着小小的你和我。守望童年，人人有责。

姥 姥

　　鲍利卡的姥姥胖胖的，声音轻柔动听。她总是穿着一件旧针织衫，裙摆掖到腰里，在屋里忙来忙去，不知道什么时候就会出现在别人面前。

　　"屋子里哪儿都有她！"鲍利卡的爸爸抱怨道。

　　妈妈轻声回应道：

　　"老人嘛……不然她还能去哪儿？"

　　"可真能活啊，"爸爸叹了口气，"残疾人收容所，那才是她该去的地方！"

　　除了鲍利卡，家里所有人都把姥姥当成一个完全多余的人。

★ ★ ★

　　姥姥睡在家里的箱子盖上，晚上睡觉时很难翻身。早上，她又起得比谁都早，接着就在厨房里把餐具弄得叮当乱响。做好早饭后，她便会叫醒女婿和女儿：

　　"茶煮好了。该起床了！出门前喝点热乎的吧……"

　　接着，她又来到鲍利卡的床前说：

　　"起来吧，我的小祖宗，该去上学了！"

"为什么啊？"鲍利卡睡眼惺忪地问。

"去上学为什么？文盲就是聋子和哑巴——这就是为什么！"

鲍利卡把头埋在被子里说：

"那你去吧，姥姥。"

"我倒是想去，但现在是你得去上学，可不是我。"

"妈妈！"鲍利卡喊道，"她为什么总是像大黄蜂一样在我耳边嗡嗡叫啊！"

"鲍利卡，快起来！"爸爸敲了敲门，"还有您，妈妈，离他远点儿，别一早上就烦他。"

可姥姥却没走，她先给鲍利卡套上袜子和毛衣，然后又趿拉着鞋在房间里忙活了一阵，嘴里还叨咕着什么。

鲍利卡的爸爸在外屋一边拍打着笤帚，一边喊道：

"妈，您把我胶鞋放哪儿了？每次都把它们乱塞！"

姥姥听后，又赶紧跑过来帮忙找鞋。

"这不在这儿呢嘛，彼得，就在你眼前啊。昨天这鞋太脏了，我就把它给刷好、晾上了。"

砰的一声，爸爸关上了门。鲍利卡也急匆匆地跟着跑了出来。下楼的时候，姥姥又往他的书包里塞了一个苹果，往口袋里揣了一块干净的手帕。

"哎呀你看你！就不能早点儿给我吗！马上要迟到了……"鲍利卡摆了摆手就跑走了。

接着，鲍利卡的妈妈也准备出门上班了。她给姥姥留了点吃的东西，并嘱咐她别浪费："妈妈，省着点儿吧。要不彼得又抱怨了，他一个人要养活四张嘴啊！"

"一家之主，养活四口。"姥姥叹了口气。

"我不是在说您！"女儿的语气立马柔和下来，"咱们的花销确实太多了……妈妈，肉更得省着点儿，得把它留给鲍利卡和彼得吃。"

妈妈还和姥姥叮嘱了别的事，姥姥都一一答应了。

女儿走后，姥姥就开始做家务。她打扫卫生，洗衣服，煮饭，然后从箱柜里拿出织针。织针随着思绪在她的手里跳跃，时而快，时而慢。有时，她的手停下来，织针就掉到了膝盖上。

姥姥摇了摇头，自言自语道："是啊，我亲爱的孩子们……不容易，活在这个世界上可真不容易啊！"

鲍利卡放学一回来，就把外套和帽子塞到姥姥手里，把书包往椅子上一扔，然后大喊道：

"姥姥，我要吃东西！"

姥姥便把织的东西收起来，匆忙摆好桌子，然后看着鲍利卡吃饭。每到这个时候，鲍利卡就会不由觉得，姥姥是自己最亲近的人，也很愿意把学校里发生的事儿讲给姥姥听。

姥姥一边聚精会神地听着他讲故事，一边低声附和道：

"都是好事，我的小鲍利卡——不管坏事还是好事，都是好事。坏事使人强大，好事浸润心灵。"

有时候，鲍利卡也会和姥姥抱怨他的父母：

"爸爸本来答应给我买一个公文包。我们年级的同学都拎那种公文包！"姥姥便会答应他，劝说他的妈妈，让她给鲍利卡也买一个那样的公文包。

吃饱后，鲍利卡推开盘子说：

"今天的果羹太好吃了！姥姥，你吃过了吗？"

"吃了，吃了，"她点点头，"别担心我，小鲍利卡，我吃饱了，好着呢，谢谢你。"

姥姥的脸上爬满了皱纹，牙齿都掉光了。这时，她突然神色黯淡，望着鲍利卡，嘴里念叨着什么，声音低得几乎听不清：

"你长大以后，鲍利卡，可不要抛弃你的妈妈，你要照顾好她。老小孩儿，小小孩儿。老话常说，人生三件难事——祷告、还债和养老。就是这么回事儿，我亲爱的小鲍利卡！"

"我不会抛弃我妈妈的！那是过去有这样的人，我才不会那样呢！"

"那太好了，小鲍利卡！你到时候会伺候你妈妈、用心对待她吗？姥姥在另一个世界看到这一幕会很欣慰的。"

"好的，到时候你在那儿还活着就行。"鲍利卡说。

吃完饭，只要鲍利卡待在家，姥姥就会递给他一份报纸，并在他身边坐下来，请求道：

"给我读读报纸上写的什么吧，小鲍利卡，看看这个世界上谁在好好活着，谁在受苦呢。"

"你自己读吧！"鲍利卡抱怨道，"你又不是小孩儿！"

"哎呀，可我也看不懂呀。"

鲍利卡就像他爸爸一样，说着话把手插进口袋里。

"你可真懒！我都教你多久了？把本子给我！"

姥姥连忙从箱子里掏出一个笔记本、一支铅笔和一副眼镜。

"你要眼镜干什么？你又不认识字母。"

"戴上眼镜能看得更清楚一点儿，小鲍利卡。"

于是，鲍利卡的小课堂就开始了。姥姥认真地练习写字母，可是"ш""т"怎么也写不好。

"你又多写了一笔！"鲍利卡恼怒地说。

"哎呀，"姥姥有点委屈地说，"我怎么就整不明白了。"

"你也就是生活在苏联时代吧，要是在沙皇时期，你知道你这样会受到什么惩罚吗？真是的！"

"说得对，说得对，小鲍利卡。苍天有眼，确实都是我的错。"

这时，院子里传来孩子们的嬉闹声。

"外套给我，姥姥，快点儿，我没时间了！"鲍利卡又跑出门去了。

现在，屋里又剩下姥姥一个人。她推了推鼻子上的眼镜，小心翼翼地打开报纸，走到窗前，吃力地盯着那一行行黑字看了好久。那些字母就像虫子一样，在她的眼前东爬西窜，时而又乱成一团。突然，有一个熟悉而难懂的字母像从什么地方跳了出来。姥姥急忙用粗大的手指按住它，走到桌前。

"是三笔……是三笔！"她开心地欢呼着，像个孩子。

★ ★ ★

外孙的游戏真让姥姥头疼。鲍利卡折的纸飞机在房间里转一圈，最后不是卡在油罐里，就是落在姥姥的头上。要么，鲍利卡就会玩那个新游戏——把双腿用布条绑上，再使劲蹦，用脚把捆在腿上的布条挣脱掉。鲍利卡玩得起劲儿时，总是把周围的东西撞倒。姥姥不得不跟在他后面，一个劲儿地念叨着说：

"哎呀，我的小祖宗……这是个什么游戏啊？你会把家里的东西都弄坏的！"

"姥姥，让开！"鲍利卡气喘吁吁地说。

"小宝贝儿，你用脚干什么呢？用手不是更安全嘛。"

"别烦我，姥姥！你知道什么？就得用脚。"

★ ★ ★

小伙伴来找鲍利卡玩儿。一见到姥姥，便有礼貌地打招呼：

"您好，姥姥！"

鲍利卡用胳膊肘捅了他一下，打趣说：

"我们走吧！你不用跟她打招呼。她就是我们家的一个老太太。"

姥姥抻了抻上衣，理了理头巾，又轻声地说道：

"侮辱如打人，良言若爱抚。"

邻居家的小伙伴对鲍利卡说：

"任何时候都要和老人打招呼的，无论是自己家的还是别人家的。老人是我们的一家之主。"

"你说什么，一家之主？"鲍利卡不禁好奇。

"对啊，老人……养育了我们所有人，不能伤害她。你怎么能这样对自己的姥姥呢？小心你爸爸会收拾你的。"

"他才不会！"鲍利卡皱了皱眉，"他自己都不跟她打招呼呢。"

小伙伴无奈地摇了摇头说：

"真是奇怪！现在所有人都尊重老人。你可知道，苏维埃政府多重视他们！我们那儿有一家，老人以前过得很不好，后来法院都判决了，现在他们得给他生活费。那家人在大家面前都抬不起头来，太可怕了！"

"我们可没欺负我姥姥。"鲍利卡的脸红了，"她在我们这儿……吃得好，过得好。"

小伙伴正打算和他告别，鲍利卡突然在门口一把拦住他。

"姥姥，"他不耐烦地喊道，"你过来！"

"来了，来了！"姥姥步履蹒跚地从厨房走了出来。

"来，"鲍利卡对小伙伴说，"和我姥姥说再见吧。"

在那之后，鲍利卡时常会无缘无故地问姥姥：

"我们欺负你了吗？"

他也经常对父母说：

"姥姥比所有人都好，却过得比所有人都差，没有人关心她。"

鲍利卡的妈妈很惊讶，可他的爸爸却很生气：

"谁教你的？你还嫩着呢，轮不到你来评价父母！"

随后，鲍利卡的爸爸便气急败坏地冲姥姥喊道：

"妈，是您这么教的孩子吗？要是对我们不满意，您就自己和我们说。"

姥姥轻轻笑了一下，摇了摇头：

"这可不是我教的，是生活教的。你们这么没有教养的人，应该感到高兴才是。儿子长大了！我已经活到头儿了，可你们会变老的。扔掉的东西是找不回来的。"

★ ★ ★

新年前夜，姥姥一直忙着熨衣服、打扫卫生和做饭，在厨房里忙活到很晚。第二天早上，她和家人们说了新年祝福，递给他们干净熨好的衣服。

父亲试了试袜子，高兴地哼了一声说：

"妈妈，挺合适！真好，谢谢您，妈妈！"

鲍利卡惊讶地问：

"姥姥，这是什么时候织的啊？您眼睛不好，再这样会看不见东西的！"

姥姥满是皱纹的脸堆起了笑容。

鲍利卡对姥姥的脸充满好奇，觉得她鼻子边的疣子很好玩。"是公鸡啄的吗？"他笑着问。

"就这么长的，我有什么办法！"姥姥回答说。

看着姥姥脸上那岁月勾勒出的深浅不一的皱纹，鲍利卡问："为什么你的脸被画成这样了？是因为你特别老吗？"

姥姥陷入了沉思，随后说道：

"小宝贝儿，从皱纹中可以读出人生，就像你读一本书一样。"

"怎么？可以读出人生轨迹吗？"

"什么轨迹呀，写的只不过是贫穷和苦难。我哭着把自己的孩子埋葬，脸上就长出了皱纹。我受苦挨饿——又会长出皱纹。丈夫在战争中丧生了，我流了太多的眼泪，也留下很多的皱纹，就像一场大雨过后在大地上留下了很多坑洼。"

鲍利卡听了，害怕地照了照镜子，心想："有时候，人难免会大哭，难道我的脸上也会留下这样的沟壑吗？"

"行了吧，姥姥，你总说这些傻话。"他埋怨道。

★ ★ ★

每当家里来客人时，姥姥就会穿上那件干净的红白条纹上衣，礼貌地坐在桌前。她还要不错眼珠地看着鲍利卡，而鲍利卡则对她做个鬼脸，拿走桌上的糖果，但在客人面前姥姥没有说话。

女儿和女婿在餐桌前忙着照顾客人，并做出他们的妈妈在家里地位崇高的样子——这样人们就不会说什么闲话。可客人们一离开，姥姥就因为刚才崇高的地位和鲍利卡吃的糖果挨批评。

"我也不是一个小孩儿，还得在餐桌上伺候您，妈妈！"鲍利卡的爸爸生气地说。

"您要是没什么事，起码看着点儿孩子，糖都让他吃了！"母亲也帮腔道。

"亲爱的，他当着客人们的面爱干什么就干什么，我能拿他怎么办呢？他吃完的喝掉的，就是沙皇也要不回来呀。"姥姥伤心地抹着泪说。

鲍利卡突然对他的父母萌生出一种厌恶，心想："等你们老了，看我怎么对待你们！"

★ ★ ★

姥姥有一个珍贵的小匣子，她给它上了两把锁。但家里并没有人在意这个匣子——鲍利卡的爸爸妈妈都很清楚，姥姥没钱。但她总是神秘兮兮地把什么东西锁在里面，从来不给别人看。鲍利卡便有点儿好奇地问：

"那匣子里有什么啊，姥姥？"

"我死了，这些就都是你的了！"她生气地说。

"你可真烦人，我可没惦记你的东西啊！"

有一次，鲍利卡发现姥姥在扶椅上睡着了。他打开箱柜，从里面找到那个小匣子，赶紧把它拿回自己屋里，把房间门反锁。姥姥睡醒后，看到箱柜被打开了，无奈地叹了口气，来到外孙的门前让他开门。

鲍利卡挑衅地晃着匣子上的锁说道：

"我就要打开它！"

姥姥哭了，无助地回到自己的箱子盖上，躺了下来。

鲍利卡顿时害怕了，立刻开门把匣子扔给姥姥就跑开了。

"反正我会拿走的，我正好需要这样的匣子。"他调侃道。

★ ★ ★

最近，姥姥的背弓得更厉害了，腰也直不起来了，走路也更轻了，几乎整天坐着。

"她长在地上了。"鲍利卡的爸爸打趣说。

"不要取笑一个老人。"妈妈生气地回答。可她自己却在厨房里对姥姥说:

"妈妈,你怎么像个乌龟似的?让你出去拿点儿东西,得等到猴年马月。"

★ ★ ★

五月的节日前,姥姥去世了。她是一个人坐在扶椅上咽气的,手里还拿着织针,腿上有一只未织完的袜子,线团都掉在了地上,好像在等鲍利卡回家。做好的饭菜都放在桌上,但鲍利卡并没有吃饭。他久久地望着安详的姥姥,然后冲出房间,一个人在大街上无助地游荡。他害怕极了,不敢回家。等他回来小心翼翼地打开房门时,鲍利卡发现爸爸妈妈已经坐在那里了。

姥姥像家里来客人时那样,穿着红白条纹上衣,躺在桌子上。鲍利卡的妈妈一直抽泣,爸爸则在一旁低声安慰她:

"能怎么办呢?她活过就够了。我们又没有伤害她,我们是忍着各种不便,还得负责她的开销。"

★ ★ ★

这一天,家里挤满了邻居。鲍利卡站在姥姥的脚边,好奇地端详着她。姥姥的脸和平常一样,只是疣子变白了,皱纹也少了。

那天晚上睡觉的时候,鲍利卡害怕极了——他怕姥姥会从桌子上下来,来到他的床跟前。"赶紧把她带走吧!"他心里不安地想着。

第二天，众人把姥姥下葬了。去往墓地的路上，鲍利卡一直担心棺材会掉下来。他往墓地的深坑里看了一眼，就立刻躲到父亲的背后。

回家的路很漫长。邻居们都来送别。鲍利卡跑在最前面，到了家赶紧打开屋里的门，经过姥姥摇椅的时候也蹑手蹑脚。姥姥的箱柜很沉，外面是层铁皮，放在屋子中间很显眼，旁边堆放着拼缝的被子和枕头。

鲍利卡在屋里的窗前站了一会儿，便开门走进厨房。爸爸正挽着袖子洗刷他的胶鞋，水流进了他的袖口里，溅到了墙上。妈妈在叮叮当当地清洗餐具。鲍利卡又来到门口，坐着从楼梯扶杆上滑了下来。

他从外面回来的时候，发现妈妈正坐在打开的箱柜前。地上堆满了杂物，散发出陈旧的味道。

妈妈掏出一只皱巴巴的红色拖鞋，小心翼翼地把它用手摊开。

"这是我的拖鞋……"她说着，俯身跪在了箱子前，"是我的啊……"

鲍利卡晃了晃姥姥的匣子，可以听到里面哗啦啦的声音，连忙蹲了下来。爸爸则拍了拍他的肩膀说：

"继承人，咱们要发财啦！"

鲍利卡瞥了他一眼说道："没有钥匙打不开。"说完，他就转身离开了。

爸爸妈妈一直都找不到钥匙，其实钥匙就藏在姥姥上衣的口袋里。爸爸晃了晃上衣，钥匙哗啦一声掉在地上，不知为何，鲍利卡的心也跟着咯噔了一下。

姥姥的匣子被打开了。爸爸掏出厚厚的一袋东西，里面有给鲍利卡的棉手套，给爸爸的袜子，给妈妈的背心。还有一件褪色的丝绸绣花衬衫，这也是给鲍利卡的。最里面还有一袋用红色带子包着的水果糖。父亲把它拿起来左右看了看，眯起眼睛，大声读道：

"给我的小外孙鲍利卡。"

鲍利卡的脸色一下子变了，他从爸爸手中抢过糖袋，跑到外面。他蹲在别人家的门前，久久地盯着姥姥的字迹："给我的小外孙鲍利卡。"

字母 Ⅲ 她写了四笔。

"她还是没学会！"鲍利卡心想。瞬间，他感到姥姥好像还活着，就站在他面前——因为没有学会字母而内疚地不敢说话。

鲍利卡失落地回头看了看自己的家，手里攥着糖袋，沿着别人家的栅栏慢慢走着……

深夜，他回到家，眼睛都哭肿了，膝盖上还沾着土。

他把姥姥的袋子放在枕头底下，用被子蒙住头，难过地想："姥姥早上再也不会来叫我起床了！"

我们每个人的人生都有谢幕的一天，都会有老去的时刻。尊敬老人，就是尊敬自己。

兔皮帽子

从前有一只小兔子，它长着雪白的绒毛，长长的耳朵，十分可爱。但它特别爱吹牛，整个森林都找不到比它更爱吹牛的兔子了。

看到小兔子们在草地上玩跳树墩的游戏，爱吹牛的小兔子就说："这有什么！我能跳过一棵大松树呢！"

看到小兔子们在玩松果，比谁扔得高，爱吹牛的小兔子又说："这有什么！我能扔到云朵上！"

小兔子们都嘲笑它："吹牛！"

一次，一位猎人来到森林，打死了这只爱吹牛的小兔子，用兔子皮做了一顶帽子送给儿子。谁知猎人的儿子戴上这顶帽子后，竟开始向同学们吹起牛来：

"我比老师懂得还多！什么问题都难不倒我！"

同学们都说他："吹牛！"

小男孩儿来到学校，摘下兔皮帽子，自己也感到很奇怪：

"是啊，我怎么开始吹牛了呢？"

傍晚，猎人的儿子和同学们一起上山滑雪，他戴上兔皮帽子，便又吹起牛来："我能从山上一下子滑到湖对岸！"

可滑着滑着，他的雪橇竟然翻了，兔皮帽子也从头上掉了下来，滚进了雪堆里。小男孩儿找不到自己的兔皮帽子，便只身回了家。而兔皮毛子还躺在雪堆里。

不久后的一天，几个小姑娘去拾干柴。她们在路上商量好了要结伴同行。

突然，一个小姑娘看到雪地里有顶白色的绒帽。

她捡起来戴到头上，瞬间就变得鼻孔朝天，傲慢起来！

她说："我为什么要跟你们一起走！我会拾到最多的干柴，最先回到家！"

"那你就一个人去捡吧，真能吹牛！"朋友们说着，便生气地走了。

"没你们我照样行！"小姑娘看着她们的背影喊道，"到时候，我捡出一车的干柴给你们看看！"

她脱下兔皮帽子，掸了掸上面的雪，又朝四周看了看，突然大叫一声：

"我一个人在森林里干吗呢？我既找不到路又拾不着柴啊！"

于是，她丢掉兔皮帽子，忙跑去追同伴们了。只剩那顶兔皮帽子静静地躺在灌木丛中。不过，它在那儿也没躺太久。路过的人发现了它，便把它戴到头上。

小朋友们，看看你们周围，有没有谁正戴着这顶兔皮帽子呢？

自吹自擂、信口开河只能带来一时痛快，真诚谦虚、脚踏实地方能找到自己的价值。

怎样的一天

蚂蚱跳上小土丘，后背被晒得暖暖的。它摩挲着小爪子，吱吱叫道：

"多好的一天啊！"

"糟糕的一天！"蚯蚓说完，便钻回干巴巴的土里。

"怎么能这样说呢！"蚂蚱跳了一下说，"天空万里无云，阳光明媚。大家都会感叹：'多好的一天啊！'"

"不对！下雨天，有泥泞温暖的水坑，那才是好天呢。"

可蚂蚱不同意它的说法。

"咱们问问别人吧。"它们就这样做了决定。

这时，一只背着松针的蚂蚁恰好停下来休息。

"说说吧，"蚂蚱对它说，"今天是什么天：是好天还是坏天？"

蚂蚁用小爪子擦了擦汗，若有所思地说：

"日落以后我再回答这个问题。"

蚂蚱和蚯蚓很惊讶：

"好吧，那我们就等着！"

日落后，它们来到一个大蚁丘找到那只蚂蚁。

"那么，今天到底是什么天啊，亲爱的蚂蚁？"

蚂蚁指着蚁丘里挖出的深沟和堆在一起的松针说：

"今天真是美好的一天！我好好地干了活儿，现在可以安心地休息了！"

对于好天气，每个人有不同的标准；专注自我，脚踏实地，不管晴天、雨天都是美好的一天。